AF156318

SV

Angela Krauß

Das Weltgebäude
muß errichtet werden.
Man will ja irgendwo wohnen.

Suhrkamp

Erste Auflage 2024
Originalausgabe
© Suhrkamp Verlag AG, Berlin, 2024
Alle Rechte vorbehalten. Wir behalten uns auch eine Nutzung des
Werks für Text und Data Mining im Sinne von § 44b UrhG vor.
Umschlaggestaltung: Hermann Michels und Regina Göllner
Umschlagfoto: Feridun Akgüngör, Istanbul
Satz: Satz-Offizin Hümmer GmbH, Waldbüttelbrunn
Druck: Pustet, Regensburg
Printed in Germany
ISBN 978-3-518-43118-4

www.suhrkamp.de

Hallen der Erwartung

Ende Januar war mir schwindelig. Es war ein Stück vom Nordpol der Sonne abgebrochen. Ich erfuhr es vom Sternwärter, die NASA meldete es acht Stunden später. Durch den Abbruch sei mit Energiewellen unbekannten Ausmaßes zu rechnen. Ich versuchte, meinen Platz in Zeit und Raum vorsichtig zu korrigieren, auch wenn mir genaue Daten fehlten. Den Wellenkanal gänzlich zu verlassen würde schwerlich gelingen. Dennoch, die Herausforderung beflügelte mich. Man sollte jederzeit alles für möglich halten. Ich legte mich mit einiger Hoffnung zu Bett.

Eine Fee erschien mir im Schlaf.
Sie sagte, ich habe einen Wunsch frei.
Nicht drei? fragte ich benommen.
Zu spät, antwortete sie.

Die Nacht verlief danach ungestört. Einmal erwachte ich kurz vom silbrigen Licht im Zimmer. Ich stand auf und schaute nach dem Mond, ich hielt die Augen geschlossen. Es ist ganz natürlich, im jähen nächtlichen Erwachen Mond und Sterne mit geschlossenen Augen zu sehen. Der Mond: gleißend kalt, schattenlos. Ich nahm das träumend auf. Man weiß gar nicht, daß man davon lebt, von diesen winzigen, blitzschnell erfaßten Dosen Ewigkeit, die morgens vergessen sind.

Der folgende Tag, er fühlte sich auf Anhieb merkwürdig an. Von nichts grundiert, nichtssagend auf königliche Weise, mit keiner Botschaft beladen als der seiner sinnlichen Gegenwart. Tatsächlich kamen mir Verbindlichkeiten meines üblichen Tagwerks von Stunde zu Stunde mehr abhanden; wie von Ferne erinnerte ich mich an das Gerüst der Rituale, die dem Leben einen unmerklichen und unerschütterlichen Halt verleihen. Dieses Gerüst zerfiel etwa um die Mittagszeit vor meinen Augen, ich leistete keinen Widerstand. Das Gedankengepäck meines Lebens schien von meinen Schultern gerutscht, ich drehte mich nicht um. Gleich darauf wähnte ich mich unter ein Tor treten. Unter einen hohen, etwas altertümlichen Torbogen. Schon wollte ich hindurchschreiten, hielt jedoch reflexhaft inne, meinen Blick nach oben gewendet: den Regen aus Gold oder Pech erwartend.

Ich leide nicht an Schlafstörungen, ich schlafe tief, bewußtlos, ich könnte mir nirgendwohin folgen, wenn ich es am Morgen versuchen würde. Wie die meisten Menschen denke ich darüber nicht nach, das nennt sich ein gesunder Schlaf. Diese Bewußtlosigkeit. Die Träume, die schönsten Rätsel unserer Existenz, müssen dort wohnen. Irgendwo im Nirgendwo, wo wir nie waren und doch allnächtlich hingeraten.

Aber jetzt war es Tag, ich träumte also nicht. Ich blickte an mir hinab, ich sah meine Füße auf der Schwelle unter dem Torbogen, unter dem es Pech oder Gold regnen konnte, wenn man Marie hieß. Aber hießen einst nicht alle kleinen Mädchen Marie? Damals, als ein jeder nicht nur einen, sondern drei Wünsche frei hatte und die Wirklichkeit sich nicht vom Märchen unterschied. Damals hießen alle neugeborenen Mädchen Marie, und im Moment der Geburt – jetzt fiel mir der Moment wieder ein – standen wir unbeladen, frei wie Engel im Zwischenraum, auf der Schwelle unter dem göttlichen Torbogen.

Ich verbrachte den Tag also, das Schwindelgefühl trat in den Hintergrund, ich hatte die Sonne aus dem Blick verloren. Ich hielt zwölf Stunden inne, bewegte mich im Geiste nicht vor und nicht zurück, auf dem Fahrrad im Stadtverkehr bremste ich mehrmals ohne Anlaß. Einmal mußte ich sofort absteigen, an einer Kreuzung bei Grün. Der nächtliche Wunschbefehl, der sich als Freiheit ausgab, raubte mir alle Reserven zum Bestehen des Alltags. Ich verharrte im Zwischenraum, ich suchte herauszufinden, ob es sich vergangene Nacht um ein Angebot, eine Aufgabe oder um ein Ultimatum gehandelt hatte. Und ob dies einen Einfluß auf meine Wahl haben sollte. Bei Rot wollte ich weiterfahren und wurde angehupt. Genauso hatte sich der Traum angefühlt.

Zwischendurch überfiel mich Empörung. Zu spät? Zu spät für wen, zu spät für mich? Zu spät für alle? Nichts in meinem Leben erlaubte ich mir bisher als zu spät zu betrachten. Ich trainiere den Möglichkeitssinn. Eine Übung, die den Menschen wach und jung erhält. Sie verlangt Disziplin, man wird nicht unterstützt, denn es herrscht rundum ein Mangel an Zustimmung zu allem Ungreifbaren, ein Argwohn dem Offenen gegenüber. Was eine weitere, nicht minder wichtige Übung erfordert: Das Ertragen von Eigensinn, auch wenn er als Irrsinn verschrien wird. Es ist ein Stück der Sonne abgebrochen? Siehe, alles ist möglich!

Sich auf nichts weniger als das Universum zu beziehen gibt Halt und Beistand. Erst recht, da dieses Universum noch kaum erforscht ist, fast zur Gänze unbekannt. Obendrein unendlich. Kann es im Unendlichen ein Zu-spät geben? Gelegentlich wird die Menschheit von Entdeckungen ihrer Teleskope überrascht. Das Ganze wird unaufhaltsam größer, rätselhafter. Manchmal dringt daraufhin ein Staunen bis in die gesprochenen Nachrichten vor. Der Mensch merkt auf. Er spürt, es bleibt etwas ungesagt: Wir leben im Ungewissen.

Das vergißt sich schnell wieder. Der Mensch lebt nun in diesem Ungewissen recht und schlecht weiter. Ohne sich zu erinnern: Alles im Zustand des Möglichen weist in die Zukunft. Das Tatsächliche hat Form, es liegt in der Gegenwart als ein Abdruck der Vergangenheit. Das Mögliche ist grenzenlos, beweglich, lebendig und zieht in die Zukunft. Ich schaue also regelmäßig aufwärts in die Nacht, um mich meiner Grenzenlosigkeit zu versichern. Eine kleine Handlung mit großem Effekt. Gleich wähne ich mich gehalten, es überfällt mich eine gewisse Keckheit.

Einen Wunsch habe ich also frei, einen einzigen? So also soll es um meine Freiheit bestellt sein? Wer sagt das? Gab es überhaupt einen Anlaß für diesen nächtlichen Überfall? Handelt es sich um eine Strafe? Ist mein Leben bis zu dieser Nacht unbotmäßig gewesen? Bin ich persönlich gemeint, ich? Und wer sprach da eigentlich? Kurz gesagt, ich verlor tagsüber mehrfach den Überblick, griff Instanzen an, die mir bislang heilig waren. Ich fühlte mich gleichzeitig hilflos gegenüber meiner Wut. Ich mußte sie hinnehmen; gegen das Vitale ist schwer anzukommen.

Am Abend sammelte ich mich. Ich trank ein Glas Wein und schaute mich im Spiegel an. Nein! sagte ich zu der Anderen. Sie lächelte.

Die Fee erschien wieder in der zweiten Nacht.
Diesmal bot sie die Wahl unter drei Möglichkeiten.
Also doch! frohlockte ich.
Drei Möglichkeiten wozu? Möglichkeiten, glücklich zu sein?
Zu sterben, sagte die Fee.

Ich frühstückte entschlossen. Ich schlug aus einem Granat-apfel die roten glänzenden Kerne heraus, nicht ohne mich der armenischen Tafel mitten in einer Zitronenplantage un-ter freiem Himmel zu erinnern, an der ich diese Frucht zum ersten Mal gekostet habe. Sie läßt an ein Tischfeuerwerk aus Edelsteinen denken. Ich wähne mich im Überfluß bei ihrem Anblick. Auch die Zitronen damals schmeckten süß; ich glaube seither keiner hiesigen Zitrone mehr. Ich kaute also sorgfältig, denn die Granatapfelkerne aus dem Reich der Edelsteine halten einen harten Mittelpunkt verborgen. Ich überlegte, wie ich vorgehen sollte. Gab es eine Frist? Auch wenn keine genannt worden war: Die Drei steht bereits im Raum, während die Zwei sich noch vollkommen glaubt. Würde es die dritte Nacht geben? Ich hatte keine Zeit zu verlieren. Die glanzvollen Granaten krachten beim Zubeißen wie die Geschmeide von Königinnen.

Noch während des Frühstücks fühlte ich mich wirklicher. Irgendwo draußen über Land ertönte ein langgezogener, durchdringender Pfiff. Auch wenn ich mir ob der verstörenden Nacht noch immer nicht ganz sicher war, wo ich mich gerade befand: Der Zwischenraum ist auch ein Raum. Ich rief meine Lebensgeister zusammen, die im Hier und Jetzt rumlungern, sobald sie ohne Führung sind, und verkündete ihnen: So nicht. Nicht mit mir!

Nach dem Kaffee entschied ich: Dieser Tag sei gesegnet! Ich bin erwacht, ich lebe, ich widerspreche, ich widersetze mich. Ich werde mich schnellstens aller Möglichkeiten, lebendig zu sein, erinnern. Lange überlegen muß ich nicht. Wer sich lebendig weiß, ist glücklich. Wer glücklich ist, liebt. Ungezielt liebt der Glückliche, mit jedem Ausatmen. Ich werde allem meine Liebe erklären, denn ich wurde erinnert: Ich bin am Leben! Ich lebe! Das ist die nächste Möglichkeit zu widerstehen. Sie kostet nichts, nicht einmal Mut. Das ist neu. Schon spüre ich eine Art Ungeduld. Es gilt, keine Zeit zu vertun. Ich werde eine beliebige dahineilende Person vor der Haustür zum Stehen bringen, um ihr meine Liebe zu erklären. Weil ich am Leben bin. Sie wird ratlos sein, was mich nicht in Verlegenheit bringen wird. Lächeln werde ich und weitergehn.

Ehe die dritte Nacht anbricht, kann alles mögliche geschehen, also muß ich die erstbeste Gelegenheit ergreifen, es wird die richtige sein. Sie könnte sich ereignen wie der nächste Atemzug. Ich bin ganz überrascht ob meiner plötzlichen Verwegenheit. Ich beiße auf mein kaltes morgendliches Granatengeschmeide, roter Saft läuft mir übers Kinn, den Hals hinab; so fängt kein Tag an, der in der Reihe von dreihundertvierundsechzig anderen gewartet hat, bis er dran ist. Das Nasse am Hals bahnt sich eine kühle Spur, erschreckend vertraut: Blut oder Tränen. Oder Muttermilch, die danebenrann. Ich seufze und schlürfe. Ist das zu fassen: Ich brauche keinen Mut mehr! Ich bin frei. Ich habe nichts zu verlieren.

Warum nur habe ich hundert Jahre mit Zögern vergeudet, um in einer Nacht geweckt und in der zweiten erweckt zu werden? Erweckt zu voller Geistesgegenwart durch das eine Wort. Wie um Gottes willen habe ich denn meine Zeit verbracht, in der ich immerzu etwas zu verlieren hatte, auf morgen verschob, auf bessere Zeiten mit passenderen Menschen und mir in Wahrheit der Mut fehlte, um nur einen einzigen freien Atemzug zu tun, um einen wahrhaft freien Gedanken zu fassen, der dieses stolze Attribut verdient? Es fällt mir wie Schuppen von den Augen: Der Mensch weiß nichts ohne das Wort. Er wagt nichts ohne das Wort. Er ist ganz ohne Sinn und Halt ohne das Wort, das er verloren hat, verbannt und geächtet. Das ist sein Pech. Wer aber vom Tod weiß, auf den wird es Gold regnen.

Ich nehme die Treppe hinab in Sprüngen, die Reihe der Briefkästen: eine Verheißung. Ich bin wie jeden Morgen darauf gefaßt: Gleich kann mir unter nichtigen Mitteilungen die Botschaft entgegenfallen, die mir das Leben erklärt. Gerade weil das noch nicht geschah, freue ich mich im stillen vor mich hin, denn die Wahrscheinlichkeit wächst von Tag zu Tag und mit ihr das Geheimnis. Freilich, das ist Ansichtssache. Das Geheimnis ist nicht jedermanns Sache. Man entscheidet jeden Augenblick, bei den normalsten Tätigkeiten, wie man zum Geheimnis steht. Ob es ausgemerzt oder bewahrt werden soll. Und im Gesamtvorkommen zu welchen Anteilen.

In der eintreffenden Post ist wieder kein einziger geöffneter Brief. Wie seit Jahren nicht, seit Jahren empfange ich nur ungeöffnete Briefe. War ich je dankbar dafür? Nein, ich habe es hingenommen. Als sei es eine Selbstverständlichkeit, versiegelte Sendungen zu empfangen, deren Inhalt alles wenden kann und deren Zeitpunkt der Eröffnung in unser freies Ermessen gelegt ist. Eine Freiheit, die niemandem bewußt ist. Ein stilles, schier unfaßbares Reservoir an Möglichkeiten, die bereit sind, die darauf warten, unser Leben von morgen zu sein. Ein Schatz von kosmischer Unendlichkeit. Es gab Zeiten, da riß ich diese ungeöffneten Briefe schon auf der Treppe auf, es müssen Zeiten tiefer Unbewußtheit gewesen sein, abgründiger Taubheit der Sprache des Lebens gegenüber, kurz: Zeiten der Tat.

Die Postbotin treffe ich in der Halle, die Arme voller unge-
öffneter Briefe. Sie ist blond, ihr jüngstes Kind kam verzö-
gert ans Licht und erlitt Luftnot, das war vor acht Jahren,
es spricht wirr und muß lebenslang im Wagen gefahren werden. Die Postbotin hat dennoch keinen einzigen Brief geöffnet und erträgt die Ungewißheit. Sie ist so blond, daß ich
draußen, wenn sie auf der anderen Straßenseite mit ihrem
Postrad fährt und mich winkend erblickt, glaube, ein Engel
weht durch meinen Tag.

Ich kenne alle Postboten meines Lebens, ich habe keinen vergessen, die Postbotinnen ebenso, es sind Wesen, die den
Menschen durch das Leben begleiten, ohne den Abstand zu
verringern oder zu erweitern, sie bleiben verläßlich in einer
bestimmten Distanz, die auch der Empfänger nicht zu ändern vermag. Liegt es daran, daß sie Boten, Überbringer sind
und diskret hinter der Botschaft stehen wollen, welche unbekannt, also nicht zu fassen ist, im Gegensatz zu ihnen selbst,
die faßbar vor uns stehen? Wollen sie deshalb ihre konkrete
irdische Erscheinung möglichst unaufdringlich gestalten, im
Sinne ihres Dienstes? Ich habe schon früh die Engel in ihnen
wahrgenommen, ohne es zu verstehen.

Ich eile durch die Halle aus leuchtendem Marmor, dieser
Stein überdauert die Zeit, nichts macht ihn stumpf, nichts
läßt ihn erblassen. Ich atme tief ein; draußen herrschte drei
Jahre Atemnot, die Luft ist noch ausgedünnt von Angst und
Argwohn, das große Stück geht zu Ende, die letzten Verzag-
ten treten maskiert auf. Innerhalb des Menschheitsschau-

spiels dieses jungen Jahrhunderts ein unerwartet monumentaler Akt, verblüffend in Erfindergeist und Kalkül, wie von leichter Hand inszeniert.

Wie hatte ich sie einst vermißt: Die große Geschichte. Die Weltbühne alles verändernder Ereignisse. Wurde ich in einen nichtigen Zeitabschnitt geboren? Es lebten drei Milliarden Menschen und ein gefleckter Straßenhund, der die Erde umkreiste, auf immer, denn im All gibt es keine Zeit, weshalb er die drei Milliarden menschlicher Mitgeschöpfe von damals überlebt haben könnte. Darüber wurde Stillschweigen bewahrt; das breite gütige Lächeln des ersten Staatspräsidenten leuchtete den Kindern wie der volle Mond, während die Erwachsenen ihre Ferngläser gen Nachthimmel auf die Umlaufbahn des Hündchens richteten, es steckte in einer Kapsel und war in der Zeitung abgebildet; jeder würde es sofort wiedererkennen, und jeder wollte der erste sein. Dann ereignete sich lange nichts, manche Männer hatten nur einen Arm, manche Frauen ein fremdes Kind, in ihrem Leben hatte sich genug ereignet. Ich war ungeduldig; nicht mal ein Krieg. Das erwies sich als Täuschung. Im Sonnenschein der Kindheit nimmt die Geschichte erneut Anlauf, das entgeht dem Kind aus purer Daseinsfreude. Unser Lebenslauf begann friedlich, scheinbar verspielt, jetzt wissen wir es: Es ging darum, Kräfte zu sammeln, Vorrat zu speichern. Für die Zukunft, die schon immer weitab im Unvorstellbaren lag: sechs Milliarden Jahre weit weg. Wenn nämlich dereinst die Sonne verglühen wird, das gilt als gesichert. Aber nun ist schon vorige Woche ein Stück der Sonne abgebrochen. Hat also die Zukunft begonnen?

Die Welt ist unbenannt, wenn der Mensch in sie gleitet, ein Alles und ein Nichts, ein jäh aufklingender Raum der Erwartung, und alle Räume dieses Weltgebäudes sind vorerst verschlossene Orte des Wissens, das vergessen wurde.

Der blonde Engel stopft ruckzuck die Briefkästen voll, sie sind alle golden, und die Halle ist aus Marmor, vanillefarbenem. Sie haben heute nichts, sagt der Engel und lächelt mich verlegen fragend an, als sollten wir jetzt vielleicht gemeinsam beraten, wie mein Tag noch zu retten sei. Das macht nichts, erwidere ich, ich habe noch ungeöffnete Post. Da bin ich beruhigt, sagt der Engel, nicht alle haushalten so gut wie Sie, die wenigsten. Um genau zu sein: Ich kenne niemanden. Und ich, gestehe ich meinerseits plötzlich, ich muß nur an Sie denken, wenn ich nicht weiterweiß. In Ihren Armen halten Sie tagein, tagaus nicht drei, sondern Hunderte Möglichkeiten. Die können lange lebendig bleiben, wenn der Mensch warten kann. Ich wollte es Ihnen schon lange sagen: Kaum denke ich an Sie, wird alles weit und offen, es fühlt sich an wie Liebe.

Sie wissen nicht weiter, sagt der Engel, und durch die blonden Haare geht eine leichte Bewegung, das sieht man Ihnen nicht an. Ja, gebe ich zu, ich gebe mir Mühe, wo kämen wir hin, wenn das den Menschen auf der Stirn geschrieben stünde. Mein Engel tut erstaunt. Es steht allen Menschen auf der Stirn geschrieben! Sie wissen es alle, daß sie nicht weiterwissen. Alle wissen es. Der Mensch weiß. Aber – sage ich überrascht. Nichts aber, sagt der Engel. Klappt die Posttasche zu und winkt mir. Halt! möchte ich rufen und mache einen Schritt hinterher. Wo bin ich gerade – auf welchen Koordinaten? Wieviel Uhr ist es?

Auch wenn noch früh am Tag, viel Zeit ist nicht. Die Tage vergehen immer schneller. Im Wochen- und Monatsverbund fliegen sie mit der Windigkeit, mit der jemand hundert Seiten eines Buches blätternd unter dem Daumen wegspringen läßt. Wie wenn man sich einen Eindruck dieses Buches verschaffen will, ohne einen Satz darin zu lesen. Es ist mehr ein Berührungseindruck; manchmal riecht man verstohlen daran, so man nicht schon aus den auffliegenden Seiten den Duft aufgenommen hat, was in jeder Buchhandlung diskret geschehen kann. Ich kenne den Duft der letzten hundert Tage, ohne mich an Einzelheiten zu erinnern. Schon länger hege ich den Verdacht, wenn ich mich an die Einzelheiten erinnern würde, so fänden sie in den hundert Tagen nicht ausreichend Platz. Wie erst in hundert Buchseiten? Es würde eng. Der Gedanke bedrückt; ich sehne mich nach fliegender Freiheit. Sie ist schwer zu haben, doch man läßt nicht locker. Existiert ein wissenschaftliches System, in dem sich Zeiteinheiten und Erlebtes aufeinander beziehen? Was aber wäre die Maßeinheit für Erlebtes? Es gibt keine, also kann es auch kein solches System geben. Das Phänomen ist unerfaßt. Es widersetzt sich! Ein Frohlocken glimmt in mir auf. Die Tage fliegen hoch und gleiten nieder in einem aufgefächerten Buch, das vor den Augen leicht unscharf wird. Alles ist in ihm enthalten. Auch der Traum von letzter Nacht.

Mag auch neuerdings die Zeit fliegen, der Raum, in dem ich bin, er ist solide gebaut. Von außen ein stattliches Gebäude der vorletzten Jahrhundertwende mit Chauffeurshäuschen am Tor und einem verspielten Turm auf dem Dach zum Beobachten der Sterne. Entworfen einst als ein Manifest irdischer Daseinsentfaltung. Ich habe es auf den alten Bauplänen gesehen. Auch dies war einmal Zukunft, was jetzt Vergangenheit ist. Ein uraltes Rabenpaar sitzt vorm Haus im Geäst der Platane, es kennt den Chauffeur schon von Beginn an, sie dürften gleich alt sein, die drei. Ich kenne den Chauffeur seit meinem zweiten Lebensjahr, wir haben schon damals viel miteinander gelacht. Berufskraftfahrer neigen zu körperlicher Verspannung und müssen regelmäßig ihre Glieder schütteln. Dieser amüsanten Vorführung zu folgen, wurde ich als Kind nicht müde; in diesem Alter nutzen sich die Reize der Welt einfach nicht ab. Die neuronalen Wege sind glatt wie Rodelbahnen, und niemand schreit, wenn's in die Kurve geht, nur Lachen.

Das war vor hundertzwanzig Jahren, ich war neu hier, gerade zwei Jahre alt. Auch die Welt war neu und in ihr alles neu. Nur der Sternwärter war schon immer da, der Zeuge von allem. Auch jede Wiederholung ein erstes Mal, dabei handelt es sich in Wahrheit nie um Wiederholungen, was nur dem Kind bekannt ist, weshalb es aus dem Staunen nicht herauskommt. Dieser Zustand ist durch die Jahrzehnte schwer zu halten. Nichts wiederholt sich, es sind Wiederholungen mit Variation, Fraktale des Daseins. Das Kind erkennt sie mit feierlichem Interesse. Dieses Kind muß so alt sein wie das Rabenpaar, uralt. Wenn nicht älter. Es bewohnt dieses Gebäude als ein quicklebendiger Geist, der mit mir Verstecken spielt. Dabei meint dieser Geist es offenbar ernst; mit den letzten Dingen spaßt man nicht. Ich habe verstanden. Auch ich meine es ernst. Ich lehne die Wahl unter drei Sterbemöglichkeiten ab, ich widersetze mich. Ich sterbe niemals. Ich werde nicht sterben. Ich sterbe nicht. Wenn das Mögliche in das Tatsächliche kollabieren kann, so kann das auch umgekehrt geschehen!

Heute morgen nach Sonnenaufgang ertönte ein Pfiff, durchdringend schoß er um die Erdkugel und riß den Himmel auf – das hatte ich in der Kindheit das letzte Mal gehört: ein echter Dampflokomotivenpfiff! Von einem nachts auf halber Strecke liegengebliebenen Postzug voller Möglichkeiten, glücklich zu sein.

Das Weltgebäude muß errichtet werden.

Man will ja irgendwo wohnen.

Verfügung

Diese Bauteile wurden zusammengefügt in einer Zeit
großer Unbestimmtheit. Aus wenigen einzelnen Wirk-
lichkeitssträngen ließ sich einst leicht, geradezu ohne
Mutwillen, eine bestimmte Zukunft erwarten. Sie ver-
banden sich wie von selbst zu einem Bild, einem Haus,
auf das man zugehen kann, um darin heimisch zu werden. Das war einmal. Diese Umstände gehören der Vergangenheit an. Aus der derzeitigen Wirklichkeit läßt
sich nichts vorauswerfen, was an ein Haus erinnert.
Um nicht irrezugehen auf dieser unsteten Wegstrecke,
gebe ich hier einige Bausätze in Verwahrung, um mich
und Interessierte ihrer jederzeit zu versichern, sollten
die Pole der Orientierung wechseln oder vorübergehend als verloren betrachtet werden müssen. Die Aufgabe von Orientierung im Raum und in der Zeit sei
als der Ernstfall bestimmt: als schönster Fall plötzlicher
Daseinsverwandlung.

Tore der Verwandlung

Seit geraumer Zeit sehe ich aus großer Höhe in ein Areal. Ich sehe jemanden die Fläche inspizieren und sich dann des Eingangs versichern. Eine Person, die sich etwas unstet, dabei aber entschlossen bewegt. Ich sehe sie hin und her gehen, verweilen, wieder hin und her gehen. Sie scheint nicht zu erkennen, wo sie sich genau befindet, was aus meiner Distanz leicht ist. Eingang und Ausgang sind von oben aus nicht zu übersehen. Irgendwie ist diese Person in dieses Gebiet da hineingelangt und sucht etwas.

Das bin ich. Ich bin das.

Ich trete vors Haus, mit einem blonden Schweif fährt da ein Postrad davon. Ich habe heute keine Post; ich habe einen Bruder, der mir nicht geschrieben hat. Es ist mein einziger, wir sind zwei gewesen. Die Zwei ist eine Grundform; der Andere steht für alle, die später kommen. Der erste Andere ist nicht ersetzbar. Das vergißt sich im Lebenslauf. Denn der Anfang bleibt undeutlich, wie in einem Zelt, durch das milchiges Licht fällt.

Wir zwei müssen da gewesen sein.

Die Eingänge der Häuser, in denen ich mich danach jeweils eine Weile aufhielt, oder soll ich sagen: in denen ich eine Weile zu Hause war, sie stehen mir vor Augen als eine Form, die mich jeweils für ein paar Jahre bei jedem Eintreten umgab. Ich versuche, sie schärfer zu sehen, was wenig hilft. Als sei der Sehsinn hier überhaupt nicht zu gebrauchen. Als ließe sich eher durch den Tastsinn die Vergangenheit vergegenwärtigen. Den Tastsinn ist man gewöhnt für einen praktischen Sinn im Alltag zu halten, er wird unterschätzt. Jetzt nämlich denke ich an die Klinke des Gartentors, an die ich einst auf den Fußspitzen balancierend heranreichte. Ich bin plötzlich überzeugt, daß mich die Berührung der Haustürklinken meines Lebens eine Verschmelzung mit etwas erfahren ließe, worauf dieses Leben aus ist. Und nach dem jeder Mensch auf der Suche ist. Am Anfang greift man blind vertrauend ins Leere. Man muß anfangen.

Man kann vors Haus gehen, auf jemanden treffen. Jemanden, der da steht und den Eingang betrachtet. Es ist eine Frau. Das kann jeden Tag passieren. Suchen Sie wen? spreche ich sie an. Ich glaube nicht, erwidert sie nach einer Weile. Das macht nichts, versichere ich. Stehen Sie ruhig da. Sie lächelt, nicht unbedingt verbindlich.

Das passiert jeden Tag und wird gern übersehen.

Ich betrachte die Frau, ihre große, kraftvoll modellierte Gestalt mit der schwerelosen Haltung einer Tänzerin. Dies ist Ihr Haus? fragt sie. Nicht im juristischen Sinne, gebe ich zur Antwort. Und dies ist der Eingang, stellt sie fest. Als hinge von dieser Vergewisserung etwas ab. Sie betrachtet das Portal, das bei all seinen für die Zeit um die vorletzte Jahrhundertwende typischen gemeißelten Verzierungen eine feine Schlichtheit hat.

Hübsch, bemerkt sie.

Ich wohne schon viele Jahre hier, länger als in jedem einzelnen der früheren Häuser, die sozusagen vergangen sind. In Wahrheit bin natürlich ich es, die gegangen ist, und sie stehen dort, wo ich nicht mehr bin. Kaum gebe ich ihnen aber einen Namen, nenne ich sie zum Beispiel die Häuser meines Lebens, so sind sie augenblicklich wieder mein Zuhause, ohne daß ich sie derzeitigen Bewohnern streitig machen muß. Ich kann sie mir auf diese Weise zum Leben erwecken und in ihnen umhergehen, ein bißchen wohnen, in die Gegend schauen, die Tür hinter mir schließen. Dann lebe ich eine Weile in dem einen oder dem anderen dieser Häuser, bis es genug ist; ich gehe wieder. Das nennt sich Vergangenheit.

Sind Sie zufällig hier vorbeispaziert? frage ich die Tänzerin. So hatte ich sie gleich im ersten Moment im stillen genannt, weil ich nicht fragen wollte, wer sie sei. Sie sei hier vorbeikommen, mehr so in Gedanken, sagt sie und macht keinerlei Anstalten, sich selbst oder mir das näher zu begründen. Sie bleibt stehen, als sei niemand sonst da, schaut in die alte Platane, die ihre Blätter schaukelt, und dreht sich einmal im Kreis. Das gefällt mir. Die harmlosesten Bemerkungen und die Pausen an der richtigen Stelle, das ist es manchmal, was einen wildfremden Menschen von einem Moment zum anderen zum Vertrauten machen kann.

Sind Sie von hier?
Nein.

Sind Sie zu Fuß?
Ich habe den Nachtflug genommen.

So, sage ich. Als sei alles gesagt. In mir ist es ruhig, irgendwie langsam. Eigenartig, wie urplötzlich es sich entscheidet, daß man jemanden lieben könnte. Sofort oder irgendwann, was auf das gleiche herauskommt. So blitzschnell, daß man sich tatsächlich erst später mit dem Denken einmischen kann, was diese schöne Klarheit vernichtet, aber schwer abzustellen ist. Worin liegt der Nutzen dieses nachhinkenden Denkens? Gibt es einen, evolutionär gesehen? Es hält sich hartnäckig und hat in der Entwicklungsgeschichte zugenommen, also muß es diesen Nutzen geben. Vermutlich handelt es sich hierbei um ein langfristiges, für den Menschen im Moment noch nicht überschaubares Projekt.

Ja, sage ich vor mich hin. Es hört sich an wie ein Ja-Wort.

Sie sei hier so vorbeigekommen, spricht sie, nachdem sie sich in letzter Zeit vorgenommen habe, sich dereinst am Ende ihres Lebens des Anfangs zu versichern, in welchem alle Anfänge möglicherweise musterhaft abgebildet seien, ohne daß ihr das bisher aufgefallen wäre. Bis zum Ende nähme sie sich noch eine Weile Zeit. Aber es gefiele ihr der Gedanke, man könne nicht früh genug damit anfangen. Mit dem Ende? frage ich vorsichtig. Man könne nicht früh genug damit anfangen, sich des Anfangs bewußt zu sein, jeglichen Anfangs, erwidert sie. Eine Vorstellung, zu der es einer gewissen Anzahl von Anfängen bedürfte, die einer erlebt haben sollte.

Ich stehe so vor dem Haus, und alles scheint richtig zu sein. Die Zeit vergeht oder auch nicht. Vielleicht mache ich gerade einen etwas einfältigen Eindruck.

Das Tor, sagt sie, ist nicht etwas, das wir einmal durchschritten und hinter uns gelassen haben, um jenes Areal zu durchqueren, das wir das Leben nennen. Es begegnet uns häufig, so ein Tor, manchmal auf Schritt und Tritt, behauptet sie, vielleicht stehe sie deshalb hier einfach so vor meinem Eingang herum. Aber möglicherweise seien wir verabredet, sagt die Tänzerin. Sie jedenfalls sei auf dem Weg, einmal alles, was ihr auch begegne, zum Anfang zu erklären. Damit sei sie gerade probeweise beschäftigt, sie betrachte es vorläufig als Spiel.

Wir sind verabredet?
Das sollte Sie jetzt nicht beunruhigen.

Ich selbst wollte schon früh eine Tänzerin sein. Ich wußte anfangs nicht, wie es zu bewerkstelligen sei, ich dachte nicht an die Bühne. Ich hielt die Tänzerin für die einzige angemessene Zukunft als Frau. Es hätten sich, stellte ich mir schon als Kind vor, dabei ohne weiteres alle anderen Aufgaben erledigen lassen, alltägliche, berufliche, biologische. Und zwar sämtliche als Tanz. Oder in der Haltung des Tanzens. Oder auch nur in der gedachten Tanzhaltung. Ich stellte mir von Anfang an vor, daß es schön ist, was geschieht.

Beim Aufspüren der Anfänge, sagt die Tänzerin, die mir an diesem hellichten Tag zugelaufen ist – ich bewundere das

Kraftvolle an ihr, aus dem vierten Rang noch wäre sie eine große Erscheinung –, beim Aufspüren der Anfänge müsse man freilich konzentriert und aufmerksam vorgehen, von der Aufmerksamkeit hinge alles ab. Das sei das Schwierigste: sich jeden Augenblicks bewußt zu sein, denn es könnte sich jetzt gerade um einen Anfang handeln. Mit der Zeit sollte das aber in Fleisch und Blut übergehen, und man ist bald permanent geistesgegenwärtig. Sie jedenfalls stelle sich so eine Einübung ins Leben vor, in eine neue Art zu leben. Eine Einübung ins Leben der Zukunft.

Mögen Sie einen Kaffee? frage ich.
Sie sei eigentlich auf der Suche nach der Freiheit, erwidert sie.
Das macht nichts, sage ich, wirklich nicht.

Was war das? Wie soll ich es nennen, muß ich dem einen Namen geben? Sobald ich ein Wort finde, trifft es schon nicht mehr das, was ich erlebt habe. Früher glaubte ich, durch das Wort festhalten zu können, was ich erlebt habe. Ich glaubte, es mir auf diese Weise begreiflich gemacht und für immer angeeignet zu haben, mein Erlebnis. Nicht ins Wort gefaßt, drohte es verlorenzugehen. Neuerdings weiß ich nicht recht. Ich weiß nicht. Ich weiß nicht, woher es kommt, es kommt geflogen wie ein Vogelschwarm. In der Luft ändert das Erlebnis seine Form. Kaum fang ich es mit Worten ein, hat es auch schon eine andere Gestalt, entwischt und ist verwandelt auf und davon. Ich weiß nicht. Ich weiß überhaupt nicht. Das nimmt zu.

Ich halte mich hier nun schon eine ganze Weile auf, ich sollte wissen, was sich hier abspielt. Das Gegenteil ist der Fall. Je länger ich hier bin, um so mehr schwindet meine Sicherheit. Das Ganze wird unscharf. Man ist von Details umgeben, die mit den Jahren spektakulär an Ausdruck gewinnen und das Zufällige vollkommen verlieren. Bei langem Betrachten stellt jedes einzelne die Welt dar, dem muß der Mensch gewachsen sein. In Abständen habe ich den Verdacht, die Unschärfe des großen Zusammenhangs, sie könnte so gedacht sein. Warum wäre alles Nahe sonst so scharf erkennbar, mit Botschaft aufgeladen, fesselnd, berauschend? Die sinnliche Nähe verdreht einem den Kopf, vielleicht sollte man es aufgeben, das Ganze verstehen zu wollen, bevor es zu Ende ist. Die meisten wissen das von Natur aus, ein paar Vereinzelte fangen vor der Zeit an zu philosophieren, das kommt vor. Man muß versuchen, das unter Kontrolle zu halten. Die Suche nach Überblick kann zur Sucht werden. Das Leben ist zum Leben gedacht. Sollte man sich nicht im nächsten Menschen restlos verlieren?

Ändern Sie zuerst die Anfänge, sagt die Tänzerin, spüren Sie alle Anfänge auf, achten Sie besonders auf die unerkannten Anfänge, die zur Folge haben, Sie auf Wege zu führen, die Sie nicht gehen wollten. Nicht? höre ich mich wie abwesend wiederholen. Ja, sagt sie, die versteckten, die hingeschluderten, die unbewußten Anfänge bestimmen das Leben mehr, als einem guttut. Das sollte sich ändern lassen.

Ich spüre in diesem Moment: Ich würde gern öfter jemanden wie sie einfach so vor der Haustür treffen. Jemand ganz anderes. Jemand für Anfänge. Sie sagt: Wir haben nicht gelernt, daß wir in jedem Augenblick etwas erbauen, in dem wir dann zu Hause sind, wir stehen da noch am Anfang.

Aber, wende ich nun ein, wir geraten doch immer in etwas hinein, was schon da ist. Ich erzähle von diesem Gebäude hier, es wurde hundertzwanzig Jahre vor mir erbaut, mit einem Chauffeurshäuschen im Garten und einer Sternwarte auf dem Dach. Niemand braucht das heute, aber es ist da, ich bin darin zu Hause. Jemand hat irgendwann an die Tür der Bodenkammer seine Verzweiflung gekritzelt, vor achtzig Jahren vielleicht. Ich kenne diese Person nicht, aber sie hat hier gewohnt, vielleicht in ihrer Jugend, wo man leicht verzweifelt. Wenn ich vor der Kammertür stehe, steht sie vor mir.

Sie leben mit ihr und allem, was jemals war, das nennt sich Zuhause, bemerkt meine Tänzerin. Die Vergangenheit ist nur eine Idee, mit der der Mensch Ordnung schaffen will in seinem Leben. Tatsächlich ist alles Gegenwart. Wir sind alle Zeitgenossen. Und wir fangen alle unentwegt an und setzen ins Werk. Meistens versehentlich. Und da sitzen wir dann, manchmal jahrelang.

Wollen Sie nicht wieder mal vorbeikommen, sage ich rasch, ich meine ganz unversehentlich. Auf einen Kaffee, gerne auch im Sitzen.
Das fängt ja gut an, erwidert sie lachend.
War das ein Ja? frage ich vorsichtig.

Mir schien, sie hatte aus der Ferne noch mal gewunken.

So war es gekommen, daß ich begann, die neue Art eines Torhauses zu entwerfen. Sein Vorbild ist noch älter als das des Chauffeurshäuschens. Die Torhäuser gab es lange vor den Automobilen. Die Zollhäuschen sind ihnen verwandt, jene Einrichtungen aus einer Zeit, da das hiesige Land netzartig von Grenzen durchzogen war. Diese Formen liegen abgesunken im Unbewußten; der hiesige Mensch ist noch heute unverzüglich bereit, seine Papiere vorzuweisen, wo und von wem dies auch von ihm verlangt wird. Diese Reaktion gilt es zu berücksichtigen, sie wird mir dienen beim Entwurf des Torhauses der Zukunft. Wer ein solches betritt, ist also bereit, sich identifizieren zu lassen. Nicht indem er nach einem Dokument greift, sondern viel mehr: Alles in ihm ist, geprägt von der Vergangenheit, zur Preisgabe seiner selbst bereit. Dies soll nun unerwartet zu seinem Nutzen sein. Er geht hinein. Ich selbst könnte es sein; ich gehe hinein.

Im Innern des Torhauses täte sich ein sehr schmaler Gang vor mir auf, so eng, daß ich ihm folgen muß, sobald ich einmal in ihn hineingeraten bin. Durch diese überraschende Situation erlitte ich in diesem Moment zwangsläufig eine kurze Desorientiertheit, zu deren Hinterfragen es gar nicht kommt, so blitzschnell verginge sie wieder. Schon im nächsten Moment aber bin ich mit einer unvermuteten und scharfen Biegung des engen Ganges konfrontiert, der ich wiederum folgen muß. Um hinter dieser unvermittelt, schroff, in Nahdistanz auf eine große Person zu treffen. Eine überlebensgroße, schier riesengroße, eine fremde Person. Sie hat sich mir in den Weg gestellt. Ich kann nicht ausweichen. Nach einem weiteren Moment, einer Mikrosekunde nun allerdings restlosen Orientierungsverlustes, der mich in den Bereich des Irrationalen stürzen läßt, werde ich gewahr, wer mir gegenübersteht.

Das bin ich. Ich bin das.

Die jähe Konfrontation löste einen Schock auf der Zellebene aus, sie gliche einem Überfall, um nicht zu sagen: einer Hinrichtung. Die Bauanleitung: Durch Anbringen eines die gesamte Raumwand bedeckenden Spiegels hinter der Biegung, in einer nicht vorhersehbaren Nahdistanz also, sollte es auf diese Weise möglich sein, das Individuum eine Begegnung mit sich selbst als dem fremden Anderen erfahren zu lassen. Nur mit dem vorausgehenden Moment der Bewußtlosigkeit ist dieses möglich. Keinesfalls vom nächsten Augenblick an, sondern später, irgendwann, könnte weitergelebt werden. Vermutlich in einem neuen Leben, für welches dann zunächst auf nichts zurückgegriffen werden kann. Ein Neubeginn. Als ein Anderer. Über die Verwertbarkeit der bisherigen Erfahrungen, ja der bis zu diesem Punkt gewachsenen Lebensgeschichte, kann nur spekuliert werden. Der gewünschte Effekt wäre deren unterbewußte Präsenz, während der Mensch nun in seiner neu entdeckten Spiegelexistenz fortlebt, besser: neu auflebt. Als der Andere in sich selbst.

Als dieser Andere würde er sich über kurz oder lang jenem zuwenden, welcher ihn in dem schmalen Gang, der im nachhinein eine unbewußte Erinnerung an seinen Geburtskanal in ihm wachriefe, erblickte. Ein nie gekanntes Gefühl der Verbundenheit bände ihn fortan an dieses Wesen, womit er einige aufwühlende Tage verbrächte, um ihm schließlich seine Liebe zu erklären. Eine bedingungslose Liebe. Vermutlich fühlte er diese Liebe zu sich selbst zum allerersten Mal, und dies bestürzend stark. Ähnlich der Liebe zu einem früh verlorenen Zwilling, von dessen Existenz er nicht wußte. Ein plötzliches und unfreiwilliges Verlassen unserer irdischen Übereinkunft ermöglichte dem Menschen diese einzigartige Erfahrung, in die er durch die Spiegelkonstruktion geführt werden könnte.

Man soll dies nicht dem Zufall überlassen, denn auf den Zufall könnte kein Verlaß sein; das Leben ist kurz. Die Fremdheit des Eigenen dagegen hat eine lange Geschichte. Alles tief Verankerte braucht Spezialprozeduren, die den Verstand überlisten, um ans Licht gezogen zu werden. Das wahrhaft Eigene ist fremd, ward kaum gesehen, selten gefühlt. Es offenbart sich manchmal plötzlich und unerwartet, in diesem Fall durch Verfremdungseffekt. Dies kann als Neugeburt erlebt werden.

Ich denke weiter: Man könnte die Eröffnung von Torhäusern an durchflußstarken Stellen von Innenstädten in Erwägung ziehen, wo Passanten während des Stadtspaziergangs hindurchflanieren und dabei beiläufig einen solchen Impuls zur Lebensänderung erfahren. Irgendwo muß angefangen werden. Und irgendwie.

Küchen und Keller

Ich habe einen Bruder, ich habe Mutter und Vater. Mein Vater lebt weit entfernt, ich kann ihn nicht besuchen. Seine derzeitige Adresse ist mir gar nicht bekannt. Meine Mutter lebt auch nicht mehr in der Nähe, sie geht ihre eigenen Wege. Die Zeiten, da sie in der Küche stand, sind vorbei. Sie hatte diesen Lebensabschnitt forsch und konzentriert erledigt, ohne Aufhebens. Vor dem Sonntagsbraten hat sie ihre Kinder in den Keller geschickt. Sie wußte, wir wollten nur zu zweit hinunter. Den Grund kannte sie nicht oder hatte ihn wegen Unerheblichkeit wieder vergessen. Wir bestanden darauf, zu zweit oder gar nicht. Unsere Mutter widersprach nicht, aus Zeitmangel.

Ich habe eine Freundin, der kann ich einen Löffel Honig reichen, sie lehnt ihn ab. Verzeih, sage ich, er ist dem Tier weggenommen, außerdem süß, ein Kohlehydrat. Danke, sagt sie, liebevoll wie sie ist, aber sie habe beschlossen, sich diesen Umweg zu ersparen. Welchen Umweg? frage ich. Es gibt den direkten Weg in die Zukunft, erwidert sie. Wir kennen uns Jahrzehnte, ich sehe ihr an, wenn Widerspruch zwecklos ist; ein Blick aus den Augenwinkeln genügt. Du willst also schneller dort sein als ich? Ich werde schneller dort sein, stellt sie fest.

Zu zweit in den Keller, ins Dunkle nicht allein, nur zusammen ins Dunkle! Seine kleine Hand in meiner Hand fühlte sich unten im Dunkeln plötzlich ganz anders an: entschlossen, unerschrocken. Mein Bruder hat trotzdem geschrien, dann habe ich geschrien, dann wieder er, im schreienden Wechselgesang griffen wir tapfer immer tiefer hinab ins Dunkle: durch Weiches, Faulendes, Stinkendes, durch wucherndes Keimgestrüpp hindurch nach den Sonntagskartoffeln vom großelterlichen Feld.

Lichtnahrung, sagt meine Freundin, das ist der Weg.

Der Tisch war ein großes Oval aus der großväterlichen Werkstatt, meine Mutter kam als letzte, warf die Schürze ab, nahm an der Stirnseite Platz, hob ihre Hände, ergriff die Rechte meines Vaters, die Linke meines Bruders, ich faßte seine Rechte und die Linke meines Vaters. Wir schauten uns an. Nachdem meine Mutter eine Stunde gekocht hatte, gestaltete sie auch die Mahlzeit nach ihrer Vorstellung, zu der dieses flüchtig festliche Ritual gehörte. Ich erinnere keinen einzigen Moment, da meine Mutter müde oder erschöpft aus der Küche erschien. Ihre Reserven blieben offenbar unangetastet. Wofür hat sie sie bewahrt?

Die Zukunft wird nicht aus unseren Reserven erbaut werden. Sie sind Vergangenheit.

Die Mahlzeit war eröffnet, wir am Licht mit gewaschenen Händen. Das Brüderlein beförderte sorgfältig die Sonntagskartoffeln, die Erbsen und das Fleisch in getrennte Segmente des Tellers, um nun jede Erbse in Augenschein zu nehmen, ihre Rundung zu berechnen, um zu erwägen, wozu sie dank ihrer Form am besten dienen könnte. Der Vater: eine ruhige warme Energie. An mich erinnere ich mich nicht.

Die erzgebirgische Großmutter schaute beim Kochen ins Erzgebirge, lachte, seufzte, formte unrunde Klöße und übersah am Ende die verstopften Gasflammen im Herd. Die Lausitzer Großmutter versorgte drei Kinder, meinen Großvater und drei Tischlergesellen. Meine Mutter hatte eine Hauswirtschaftsschule besucht, sie wirkte souverän und ökonomisch in der Küche, mein Vater hätte eine Generation später so interessiert gekocht wie mein kleiner Bruder als junger Vater. Ich bin aus der Art geschlagen; ich interessiere mich für Rezepturen zur Daseinsverwandlung.

Natürlich ist das Leben nichts anderes als ununterbrochene Daseinsverwandlung. Man geht von einem Zimmer ins andere. Alle Häuser, in denen ich bisher eine Weile wohnte, ich habe sie als Durchgangsräume betrachtet. Beim Eingang war ich mir eines Ausgangs sicher, der irgendwo in der Zukunft lag; ich wohnte gern und vorübergehend. Das Vorübergehende war das Natürlichste, das Zeichen von Jugend, alles Endgültige ein Kontaktausfall im Lebensstrom, ein Defekt im System. Vor Zeiten soll es Durchgangszimmer gegeben haben, sie hatten einen schlechten Ruf als Unterkunft für Bedienstete und Studenten, die Wirtin konnte hindurchgehen, wann immer sie wollte, die Privatsphäre fehlte. Die äußere Privatsphäre, auf die so viel Dekoration verwendet wird, Teppiche, Tische, Geschirr, Eßbestecke, kupferne Zahnstocher, Serviettenringe, die Ausstattung des Raums, den wir als unseren markieren. All das kann fehlen oder verlorengehen. Wenn die Ausstattung fehlt, bleibt der Mensch übrig, allein in seinen Innenräumen, und mancher weiß gar nicht, daß er sich dort ordentlich ernähren kann. Geübt muß das freilich werden.

Ich habe mit meinem Bruder die Formen der Daseinsverwandlung besprochen, die allmähliche und die plötzliche. Er bestand darauf, daß auch letztere sich anbahnt: die plötzliche. Dabei haben wir gut gespeist; er hat gekocht, wir haben gelacht.

Zu den Formen der Daseinsverwandlung gehören:

Plötzliches Glück
  Plötzliches Unglück
 Der Traum
Die Punktmutation
  Sichtwechsel im Vertrauten
Ortswechsel ins Fremde
 Der Stoffwechsel

Man kann nachts aus dem Flugzeug treten, durch die Kabinentür gegen eine Wand heißer, feuchter schwerer Luft, mit dem nächsten Schritt ist man von ihr umschlossen, die Frage, ob sie sich einatmen läßt, stellt sich nicht, denn man lebt offenbar noch. Dies sollte alles sein in den nächsten Wochen, was ich wissen muß: Ich lebe, als Objekt der Verwandlung. Ich steige die Gangway hinab. Ohne Frage, ohne Gedanken.

Dabei war ich so gut vorbereitet. Nicht aber darauf, daß ich in der Fremde vergessen soll, was ich gelernt habe.

Es ist Nacht, die ersten Menschen, die ich schlafen sehe, liegen auf dem Weg, im Dunkeln am Straßenrand. Ihre mageren Körper kleine Häufchen, von Lumpen bedeckt. Am nächsten Morgen liegen sie vor der Pforte des Hauses, in dem ich nicht geschlafen habe. Mein einheimischer Begleiter hatte gestern gesagt, vielleicht sind sie tot. Ich schlief nicht. Am Morgen wartete mein Begleiter mit dem gekühlten Auto vor dem Haus auf mich. Alles stand voller Palmen, in denen goldene Vögel saßen, ich konnte kaum bis zur Pforte sehen vor lauter Gold und Grün. Aber ich erblicke sie sofort: am Gartentor auf der Schwelle liegend, mit großen stumpfen Augen, fünf sind es, mit zehn Augen. Und mein Begleiter auf der anderen Seite. Er schaut zu mir und deutet eine Verbeugung an. Ich drehe mich um, das indische Hausmädchen steht am Fenster, wiegt den Kopf und wedelt dringlich mit ihren schönen langen Fingern; ich habe mich schon zehn Minuten nicht vom Fleck gerührt. Sie rühren sich ebenfalls nicht, kein einziger von den fünf, sie liegen und starren in meine Richtung. Sie haben mich sofort hinter dem Grüngoldenen entdeckt. Das Hausmädchen oben am Fenster will mich über sie hinwegwedeln. Aber sie schauen nicht einen einzigen Augenblick lang irgendwohin, wo ich nicht bin. Jenen Augenblick, in dem ich hätte den Schritt machen können.

Die Daseinsverwandlung kann kommen als ein Überfall in fremdem Gelände. Es muß sich dazu niemand bewegen.

Die Datteln, die reifen Bananen, die überreifen, aufgeplatzten Mangos, über die die Holzkarren der Händler rollen, sie zu einem duftenden Brei zermahlen, zu einem leuchtend gelben Muster in den Weg pressen, Palmenfrüchte, Blühendes, Zertretenes, Gärendes, Dampfendes, Tropfendes, Blutiges, Schleimiges, Summendes, Schwarzes, Fliegendes, Blütenstränge, Blütendolden, Blütengirlanden, Säcke voller Blüten, eßbarer Blüten, Kinder wie Knospen.

Im Gegensatz zum Ortswechsel ins Fremde gehört die Daseinsverwandlung als Stoffwechsel zu den unbemerkten inneren Naturereignissen, denen sich einfach überlassen werden kann.

Warum hat die Erzgebirgische Großmutter nur unrunde Klöße geformt, wurde bei Tisch gern kauend gefragt, das Erzgebirge sei Kloßland, die Kloßformung eine uralte Technik. Und Brüderlein sah mich an und streckte seinen Zeigefinger in die Höhe. Er fehlte unserer Großmutter, sie hatte ihn an der Kloßpresse verloren oder in der Frühschicht beim Ausgeben der Grubenlampen an die Bergleute oder irgendwo im Schacht im Dunkeln unter der Erde, der Stumpf war rund, hell und weich, wir liebten ihn.

Möglicherweise ist die Zukunft längst still und leise entstanden. Aus lauter winzigem Glück, das wir übersehen oder längst vergessen haben.

Das Essen ist die älteste und natürlichste Art, sich am Leben zu wissen. Es fehlt überwiegend an Dankbarkeit dafür: Der einfache Lebenserhalt macht glücklich. Man kann sich fragen, ob Eskapaden zur Erlangung eines kompliziert erreichbaren Glücksgefühls sinnvoll sind, denn jeder Anspruch schwächt durch Energieverbrauch und aufkommende Zweifel. Das Essen ist frei von Zweifel, ein üppiges wie ein mangelhaftes Essen. Die Vorfreude auf ein Essen. Ein gemeinsames Essen. Es läßt sich zu zweit, zu dritt, zu viert laut denken, vorzüglich vor einem Essen, dessen Duft in den Raum einsickert und eine Weile an der Wahrnehmungsschwelle verharrt. Was man spricht, gewinnt bereits den Schmelz des Genusses: die Gelassenheit angesichts der Aussicht, daß genug für alle da ist. Genug Aufmerksamkeit und Zuwendung, genug Liebe, um fremde Gedanken zu verstehen und zu verzeihen. Weil genug Gedanken für alle da sind. Jede Menge Licht, sage ich zur Freundin.

Kinderzimmer

Das Kinderzimmer hatte einen elfenbeinweißen Kachelofen mit himbeerroten Fugen. Das war die Idee unserer Mutter. Sie war es, die den Handwerker inspirierte. Ein Ofensetzer, der zum vereinbarten Tag morgens um sieben kommt, sein Material und Werkzeug auspackt und nach Maß einen Ofen baut, war ihr zu wenig. Zu wenig wovon – von allem, was an diesem Tag anders werden konnte. Ein Ofen, der den alten solide ersetzt, wäre ein nichtssagender Zug auf dem Schachbrett des Lebens gewesen. Die drei Tage mit dem Ofensetzer – übrigens hatten alle Familien immer wieder einmal den Ofensetzer, so wie man noch heute den Maler hat –, die drei Tage mit dem Ofensetzer waren ein fröhliches Ereignis, weil meine Mutter zu Handwerkern traditionell ein wertschätzendes Verhältnis, einen interessierten, fröhlichen, flirtenden Umgang pflegte, dabei Nachlässigkeiten nicht duldete.

Der Ofensetzer hatte noch nie andere als tonfarbige Fugen gemacht. Er bat um Zeit, um eine Farbnuance zur Wahl vorschlagen zu können; meine Mutter bestand auf Himbeerrot. Inzwischen saßen wir zweimal zusammen am Mittagstisch, unsere Mutter führte das Gespräch, Brüderlein und ich traten uns unterm Tisch gegen die Beine, daß uns nicht versehentlich sein Name entfuhr: unser Maximus. So nannten wir den Ofensetzer, wenn er Feierabend hatte und weggefahren war. Der Maximus war ein Mann wie ein Gewichtheber aus dem antiken Rom. Am dritten Tag brachte er das schönste

Himbeerrot, leuchtend, bezaubernd, mädchenhaft, irgendwie verliebt.

Der Ofen brauchte nun Wartezeit. Der Ton mußte trocknen, es schien, der Ofen atmete. Morgens im Halbschlaf wähnten wir uns in einer feuchtkalten Burg, die jahrhundertelang kein Mensch betreten hatte. War mein kleiner Bruder vor mir aufgestanden? Ich erinnere mich nicht an seine Abstiege aus dem Doppelstockbett, wahrscheinlich war ich immer die erste, die Erstgeborene. Diesen Status hatte er, ohne zu zögern, angegriffen, als das Doppelstockbett stand. Kaum daß die Latten eingelegt waren, türmte er Kissen auf das Nachtschränkchen, klammerte sich an die obere Bettkante, schwang sich hinauf und eroberte den höchsten Platz. Ein für einen Vierjährigen körperlich unerklärlicher Kraftakt. Die Absicht unseres Vaters auf ein Aushandeln oder, wenn das erfolglos blieb, die Losentscheidung mußte aufgegeben werden. Mein Bruder, oder etwas von ihm, das allen noch unbekannt war, hatte sich zum ersten Mal gezeigt. Er muß es damals sofort wieder vergessen haben. Aber alle, Mutter, Vater, Schwester haben es gesehen:

Das bin ich.

Während der Ofen atmete, stieg draußen die Temperatur. Ein Ofen wurde in jenen Monaten gesetzt, da die Luft in ungeheizten Räumen nicht mehr kalt war, der Arbeitsschritt des Anheizens aber noch in die Jahreszeit paßte. Die Wartezeit dauerte nicht lang, denn die Kindheit kennt keine Wartezeit, sie kennt überhaupt keine Zeit, weil sie keine Ziele kennt. Sie könnte siebenhundert Jahre dauern anstatt sieben Jahre, es würde niemandem auffallen. Vielleicht also hat der Ofen siebenhundert Jahre in seiner Reifungsphase gelebt und wir mit ihm, ohne zu fragen, wann endlich das Feuer lodert. Ein Endlich gab es nicht.

Unsere Mutter wurde bald aufgefordert, ihre Entscheidung wegen der Fugen vor Besuchern zu verteidigen. Sie gab keine Erklärung ab, lächelte stattdessen und wies auf den frischen weißen Kachelofen, wie er da in seinem Liebreiz stand. Worauf der Besuch länger zum Ofen schaute, nun mit einer gewissen Erwartung, denn die Entschiedenheit unserer Mutter beherrschte das Feld, das sie umgab. Ja, sagte der Besuch nach einer Weile. Oder: Eigentlich ja. Oder: Warum eigentlich nicht.

Im Kinderzimmer herrschte auch mit dem neuen Kachelofen eine natürliche, nur wenig angehobene Temperatur. Er war eine Schönheit, das trug zur Erwärmung all dessen bei, was ich brauchte. Wovon mein kleiner Bruder weniger wahrnahm, ihn wärmte die Leidenschaft, während er die Gleise seiner Eisenbahn verlegte. Unter dem Brett bildeten die Drähte geordnete Bögen und Schlaufen, sie hingen da wie ein unterirdischer Himmel voller Geigen, er nahm die Hälfte des Kinderzimmers ein. Ich wiederum spürte die warme Schönheitswelle des Kachelofens, wenn ich zu ihm hinschaute oder wegschaute.

Ich könnte ihn nach der tatsächlichen Temperatur in unserem Kinderzimmer fragen, postwendend. Wenn er morgen geschrieben hat. Mein Bruder kennt sich aus mit genauem Messen, er besitzt Meßgeräte für Jegliches, für winzige Baugruppen, ebenso für Dinge, die einen unsichtbaren Kontakt haben, die ich schon damals nur unter dem Mikroskop erkennen konnte, wenn ich eng neben ihm saß. In diesem Alter sehen wir den Anderen nicht, wir fühlen seine Anwesenheit mit einer unbekannten Präzision.

Schon damals neigte ich zum Frieren. Dennoch plante ich Expeditionen in die winterliche Landschaft. Die Expeditionsteilnehmer sollten meine kleine Freundin, deren großer Bruder, ein anderes Mal mein kleiner Bruder und unsere Mutter sein. Die Ausrüstung bestand aus meinem neuen Rucksäckchen aus dem Kinderkaufhaus und dessen Inhalt an Proviant. Das Rucksäckchen leuchtete in einem sanften Rot so unwiderstehlich, wie es im Schaufenster des Kinderkaufhauses und dann auf dem Weihnachtstisch gestanden hatte. Seit ich es erblickt hatte, war ich bereit, mein Leben zu ändern. Ich plante fortan Expeditionen wie einst Scott und Amundsen zur Eroberung des Südpols, von denen unser Vater erzählt hatte. Einer von ihnen war im Eis erfroren.

In den Winterferien brachen wir eines frühen Morgens in Skiausrüstung auf, Mutter, Brüderlein und ich. Schon bald erreichten wir die randstädtischen Felder hinter unserem Haus. Wir schoben unsere Bretter ruhig und stetig voran, mit einer gewissen Würde, die dem Unternehmen entsprach, in aufrechter Haltung, die Gesichter gerade über das weite leere Schneefeld gerichtet. Mein Bruder und ich trugen Gewänder aus feinem sandfarbenen Popelin über dickem kakaobraunen Wollzeug in Zopfmusterung und senfgelbe Zipfelkapuzen, ein Gesamtwerk der mütterlichen Schneiderkunst, ihre Tracht war der unseren angepaßt. Wir bildeten eine Dreiheit unter dem milchigen Himmel des Wintertages. Es gab noch nicht so viele Menschen auf der Erde, man kannte die meisten, sie wohnten alle in unserer Straße. Eine Frau konnte drei Minuten lang küssen, ein Mann hatte nur noch einen Arm, mit dem er nicht versäumte, vor unserer Mutter den Hut zu ziehen. Hinter den Häusern verlief sich alles in die Felder hinein.

Von den Expeditionsteilnehmern war ich diejenige mit dem Proviantbeutel, also erkennbar aus auf Weltgewinn und das Überleben der Gruppe. Seitdem das Rucksäckchen mir gehörte, hatte ich mir täglich Expeditionen ausgedacht und ihren Verlauf in ein Heft gezeichnet. Jetzt im Februar hatte ich Expeditionen um die Welt für mehrere Jahre im voraus entworfen. Diese Zeit, als ich die Welteroberung plante – vor Begeisterung schrieb ich wieder mit der linken Hand, was mir mit vier Jahren verboten worden war –, diese Zeit zählt zu den glücklichsten meines Lebens. Das Modell für meine Art, glücklich zu sein, hatte sich gezeigt.

Die Geschichte der Kindheit erzählt von der Zukunft, denn dem Kind ist die Zeit aufgehoben. Was uns in der Zukunft unerwartet widerfahren könnte.

Am Horizont des Schneefeldes wurde ein winziger dunkler Punkt erkennbar. Meine Mutter blieb stehen und hob das Fernglas vors Gesicht. Ich sah mit bloßem Auge, wie sich ein Punkt schnell auf uns zu bewegte. Meine Mutter ließ das Fernglas sinken, blickte konzentriert in die Ferne, dann auf uns Kinder, dann suchte sie ringsum die Landschaft ab. Sie sagte nichts, auch wir schwiegen. Um uns her lag eine kalte Stille, wie in einem Raum hörten sich unsere Atemzüge und das kräftige Herz unserer Mutter an. Ich wußte, daß wir jetzt gleich sterben würden, denn nun hatte sich der seit Ewigkeit am Horizont gefangengehaltene, wütende schwarze Hund von seiner Kette losgerissen und raste immer größer werdend auf uns zu.

In einem langgezogenen Augenblick betrachtete ich die Welt, die ich nur sieben Jahre lang bewohnt hatte. Mein kleiner Bruder zog den Rotz hoch. Die Angst wich einer noch tieferen Stille und Weite, in der Mitte dieses weißen Erdkreises sah ich ganz klein unsere Gruppe stehen, unsere Mutter hatte ihre Arme wie Flügel um uns gebreitet. Für einen Sekundenbruchteil zerriß in mir der Vorhang vor meiner Zukunft, ich sah Rom und Venedig, New York und St. Louis, Moskau und Madras. Ich fühlte nichts, nicht die Spur eines Schmerzes um die nun gleich verlorene Expedition meines ganzen Lebens. Alles schmolz in die unheimliche Stille der Schneelandschaft hinein.

Die ganze Welt ist voller Fremder, niemand kennt die Himbeerfugen. Ich habe es nie durchgespielt, wie es sein wird, wenn ich ohne ihn bin. Meinen frühesten Gefährten, der es gesehen hat, das himbeerrote Leuchten.

Entweder ist die Kindheit eine dieser Katakomben, zu denen kein Fremder den Weg findet, in denen kein Licht ist, weil, wer sich dort aufhält, keines Lichtes bedarf, die aus einer unbekannten Quelle leuchten, wie jene streng geheimen Gänge in den ägyptischen Pyramiden. Oder aber die Kindheit ist das Weltgebäude selbst, dessen Räume anfangs verschlossen sind und über die Jahre nach und nach geöffnet und betreten werden, was dann das Leben heißt.

Bring endlich einer die Asche raus! ruft meine Mutter, während mein Vater an einer Prämienmatrix für Hilfeleistung der Kinder im Haushalt tüftelt. Einst fiel im Winter in jedem Haus Asche an, jeden Morgen vier Kästen glutwarme Asche sämtlicher Kachelöfen, die Glutwärme der Nacht. Wer trägt sie hinaus in die Kälte? Kaum hat sich ein Kind gefunden und balanciert mit roten Schlafwangen den warmen Blechkasten durch den knarrenden Schnee, ist es auch schon blitzschnell zurück ins Haus geschlüpft. Wie jäh einen doch jederzeit die Kindheit streift. Eine Aschewehe auf frisch gefallenem Schnee.

Loggien der Begegnung

Es ist Nachmittag geworden. Ich betrete die Loggia mit einem Tablett und zwei Tassen Kaffee. Das Licht fällt durch die Platanen in den verglasten Raum, in dem man nicht alleine bleibt. Ich weiß es aus den großen Romanen: Es ist ein Raum für zwei, für gedämpfte Stimmen in allmählich schwindendem Licht. Ich wünsche mir ein Gegenüber, ein Gesicht, in das dieses Nachmittagslicht fällt. Es hieß, wir waren verabredet, aber mehr weiß ich nicht.

Das ist auch nicht nötig, begrüßt mich lächelnd die Tänzerin.
Woher so plötzlich? frage ich überrascht.
Aus der Goldenen Stadt, erwidert sie.

Sie geht in der Veranda auf und ab, sie schreitet sie aus, ich erkenne sie sogleich an diesem frei ausgreifenden Schritt wieder, als ergreife sie jetzt unser beider Gegenwart, als nähme sie diese über die Bewegung auf. Um dann innezuhalten, als habe sich ihr die Quelle gezeigt.

Hier! sagt sie.
Ja?
Die goldene Mitte, hier ist nichts zu tun, hier geschieht es von allein.
Was denn?
Was du willst!
Ich will das Du! rufe ich.
Ein Anfang, lächelt sie.

Auf ihr Geheiß räume ich zwei Stühle und einen kleinen Tisch an diesen Platz. Kissen sollten auch sein, man sollte den Körper nicht spüren. Man könne nun die Begegnung arrangieren wie ein Spiel, zunächst aber gelte es, das Bewußtsein zu konzentrieren: auf zwei und den Raum. Den Raum als unsichtbares Zelt, als haltgebende Wölbung um diese Szene, als Innenraum.

Die Stille um meine Eltern beim Schach.

Jedes Ungenügen, das wir empfinden, sagt meine Tänzerin und läßt sich mir gegenüber in den Stuhlkissen nieder, hat es nicht im Grunde seine Ursache in einer unvollendeten Begegnung? Einer mißglückten Begegnung. Man könnte das einen Unfall nennen. Und wenn es keine Kollision war, kein Streit, etwas Geräuschvolles, so reicht es doch schon, sich im stillen zu verfehlen. Einander zu verfehlen ist ein Unfall. Man erholt sich nicht so leicht und weiß oft nicht, wovon. Nämlich, daß es sich nicht ereignet hat. Es ist ausgeblieben. Das Ereignis der Begegnung hätte kein auffälliges sein müssen, mehr noch schmerzen die zarten, wenn sie ausgeblieben sind. Man bleibt versehrt zurück. Wenn sich das häuft, mit einem unerkannten chronischen Leiden. Denn immer wenn ein anderer Mensch da ist, wollen wir ihm begegnen, sonst müßte er nicht da sein.

Das steht den Leuten aber nicht auf der Stirn geschrieben, sage ich, sie gehen einfach weiter, dieses Leiden sieht man keinem an. Mir aber müssen es doch alle ansehen, denke ich insgeheim. Das täuscht, sagt meine Tänzerin. Auch dir sieht es niemand an. Unsere Sehnsucht ist tief versteckt, noch tiefer als die Angst. Am Ende eines langen Tages unter Menschen ist sich niemand begegnet.

Fehlt es an Worten? frage ich.
Es fehlt an Freiheit, erwidert sie.

Mein Bruder hat mir nicht geschrieben. Wenn ich seinen letzten Brief lese, höre ich seine Stimme nicht. Als hätte er mit dem Absenden gezögert. Er hat noch immer etwas Verlegenes, Scheues, etwas ganz Junges. Wie damals, als er langes Haar trug. Ich drehte es ihm manchmal durch den Lockenstab, was er sich lächelnd gefallen ließ. Während des Lockenwickelns sprachen wir kaum, er hielt die Augen geschlossen. Wir hatten unseren Vater verloren.

Damals habe ich die Worte nicht vermißt.
Etwas Gefangenes schien erlöst und floß frei zwischen uns, eine innere Freiheit.

Alle leben wir und streifen einander, gelegentlich winkend. Haben wir einfach aufgegeben, frage ich, reicht es nicht zu mehr als zu dieser Flüchtigkeit, weil wir zu viele geworden sind? Oder hat unsere Flüchtigkeit eine Funktion? Liegt der Sinn vielleicht darin, die Menschen durch ein permanentes ungestilltes Verlangen nach einander zu verbinden, nach sich als Menschheit? Hält am Ende diese Sehnsucht das Ganze zusammen? Etwas muß ja ein Ganzes zusammenhalten.

Die Gravitation, antwortet meine Tänzerin trocken.

Was hat denn die Gravitation mit der Sehnsucht zu tun?

Die Gravitation beruht auf der Sehnsucht, erwidert sie.

Dieses Verlangen, ich mußte es mir erst erziehen. Es begleitet mich mittlerweile unauffällig und geschmeidig wie ein gut geführter Hund. Ich vergesse, daß es sich um eine Art Tier handelt, das im Ernstfall seinen Instinkten folgen wird. Ich bin Mensch und beherrsche meine Impulse, höre ich mich behaupten. Dann wieder überrascht mich der Schmerz ganz unvorbereitet, dieses Verlangen nach jedem einzelnen Anderen, nach einem Blitz des Erkennens. Das Verlangen raubt mir dann vorübergehend jeglichen Zusammenhang. Ich verstehe von einer Sekunde zur nächsten nichts mehr. Eben noch wollte ich alle, nun habe ich jedermanns Namen vergessen. Als müßte ich von ganz vorn beginnen, mit jedem einzelnen zurück an den Anfang.

Das kann so nicht gedacht sein, sage ich zur Tänzerin. Es ist zu eng für die Liebe. Der Mensch der Zukunft muß neu ausgestattet werden. Es müssen ganz neue Kapazitäten her.

Gar nichts muß her, sagt sie. Jeder Mensch hat alles mitbekommen. Gut verschlossen, bewahrt vor versehentlichem Gebrauch. Du wirst die Post öffnen, den Zeitpunkt bestimmst du.

In der Goldenen Stadt übrigens, hatte ich ihr schließlich anvertraut, soll er eingetreten sein. Ich meine, der schönste Fall.

Es wird freilich viel geredet. Immer vom schlimmsten Fall. Alle reden nur vom schlimmsten Fall. Aber wenn man genau hinhört, ich weiß nicht. Doch, hatte sie gesagt. Du weißt. Jeder weiß. Alle wissen vom schönsten Fall.

Hatte sie den Abendflug genommen?

Es geschah, daß ich in der anbrechenden Dunkelheit in einer vollbesetzten Bahn unterwegs war. Die Bahn fuhr quer durch die Stadt, es war viel Gespräch in der Bahn, in der es fast dunkel war wie über dem parallel hinfließenden majestätischen Strom. Neben mir saß eine Frau mittleren Jahrgangs, rundlich und lachend, ich sah nur ihre kräftigen weißen Zähne im Dunkeln, während wir ein bißchen sprachen und lachten, jede in ihrer Muttersprache, was im gedämpften Stimmenorchester aller anderen Fahrgäste mal unterging, mal aufstieg. Ich weiß nicht, worüber wir uns austauschten, es gab immer wieder Lücken, wir sahen dann geradeaus, lächelnd. Als hätte unser Instrument jetzt Pause. Dann, als sei ihr Einsatz gekommen, sagte sie wieder etwas, nicht direkt zu mir gewandt, mehr schräg ins Dunkle in die anderen Stimmen hinein; ich erwiderte es ebenso, während ich ihren warmen fülligen Oberarm durch meinen Wintermantel spürte.

Ich halte mich schon eine ganze Weile hier auf; manchmal, so scheint es, in großen Abständen, wird mir der Grund dafür bloßgelegt. Als zöge sich das Meer des Alltags kurz zurück.

Plötzlich erklang die Ansage der nächsten Haltestelle mitten in der Stadt, und es riß mich, als sei ich aufgewacht, von meinem Platz hoch, ich drängte mich durch die im Gang Stehenden und sprang im allerletzten Moment aus der Bahn, um den Weg zu meinem Nachtquartier nicht zu verpassen, wo vertraute Menschen, zu denen ich gehörte, mich erwarteten. Die Gassen der Altstadt waren dunkel wie zur Zeit ihrer Erbauung, von den Dächern glomm hier und da etwas Goldenes, vielleicht eine Spiegelung der Stadt aus der Zukunft. Ich wußte die Richtung zu dieser kleinen Gruppe, die meine Familie war, in der mein Bruder auf mich wartete, schlug aber einen anderen Weg ein, dann wieder einen anderen, gerade den, der sich anbot, als sei ich auf der Suche, ohne zu wissen wonach, ein glitzernder Schneeregen hatte begonnen, die winzigen Partikel reflektierten das Licht der mittelalterlichen Laternen, ich blieb abrupt stehen. Durch dieses plötzliche Verharren staute sich die Unruhe in mir, die mich getrieben hatte, brandete an meine Peripherie, so daß ich sie erkannte: Es war ein Versäumnis, etwas Unabgeschlossenes, eine Sehnsucht, was dieser Unruhe zugrunde lag. Ich vergaß die Familie, der ich angehörte, so unabwendbar dringend war es, daß ich meine Sitznachbarin in der Bahn wiederfinden mußte, ich mußte sie jetzt, noch in dieser Stunde wiederfinden, um ihr zu sagen: Ich habe Sie gesehen, gehört, gespürt. Und daß sie, ein fremder Mensch, am Leben ist genauso wie ich, daß wir in einem Leben sind und daß wir zehn Minuten lang Freundinnen waren und daß ich weiß, daß das kein Ende hat, wenn es einmal gewesen ist, weil nichts ein Ende hat, was einmal gewesen ist, und ich jetzt trotzdem im Gassenlabyrinth der Goldenen Stadt verzweifelt nach ihr suche, um ihr zu sagen, was offenblieb, weil ich so Hals über Kopf aus der Bahn gestürzt war. Ohne zu begreifen, daß alles offen ist und bleiben wird bis ans Ende der Welt.

Logen poetischer Existenz

Sie entstammt den tektonischen Regungen der Erde, sie schob sich durch tektonische Krafteinwirkung hervor. Ein allmählicher Anstieg, an seinem Höhepunkt ein abrupter Abbruch: die Pultscholle. Dann war sie vor meinen Augen erschienen. Natürlich war ich es selbst, die erschienen war, um von dieser Loge auf die Erdenbühne zu schauen. Jeder wird in sein Bühnenbild hineingeboren, aus dem er dann hervortritt. Aus der Perspektive seiner jungen Existenz muß er diese Form mit seinen Sinnen erfaßt, eingesogen und in sich eingebaut haben, ohne einen Gedanken daran zu verlieren. Es kann einem bisweilen so vorkommen, als prägte die erste Landschaft das eigene Wesen, Temperament und Erleben. Sucht der Mensch fortan in allen Formen sich selbst zu begegnen?

Kaum spazierte ich am runden Fingerstumpf der Großmutter aus dem Haus, ging es schon bald aufwärts. Es war das Erzgebirge, wir standen im flachen Winkel zum Waldboden auf der Suche nach Heidelbeeren. Ein Gipfel war nicht zu sehen, der Anstieg erstreckte sich breit und verlief weiter oben in dichten Nadelwald hinein. Wir befanden uns immer auf einer schiefen Ebene, den Kopf nach unten, und manchmal wurde einer von den Frauen beim Aufrichten schwindelig, weil sie zum ersten Mal mit zum Heidelbeerpflücken gegangen war; ihre Beeren fielen noch mit einem Geräusch von dicken Regentropfen auf den Boden des Blecheimers, wenn die Eimer der anderen schon halbvoll waren. Von weit oben gesehen weideten da unten ein paar Gebirgstiere, vom niederen Gestrüpp halb verdeckt. Die Kante der Pultscholle war nur von weit oben aus erkennbar.

Macht veder, rief meine Großmutter.

Die Frauen richteten sich auf, ich tat es ihnen nach, und wir streckten uns rückwärts, mit dem Blick die Baumwipfel durchstreifend. Da war Raum zum Bewußtwerden der Form, in der gelebt wird. Ein Wahrnehmungsraum für die äußere und die inwendige Form, in der man zu Hause ist. Man kann dort viel Zeit verbringen, auf den Wiesen und Wäldern der tektonischen Schrägen, während sich die feinen Wirkungen der äußeren und der inneren Form unbemerkt wechselseitig durchdringen.

Wollte indessen die Großmutter uns mit ihrem Vorwärts nur ein bißchen anfeuern, die Blaubeereimer zu füllen? Oder wollte sie uns einmal bis nach oben treiben, an die Kante der Pultscholle? Auf daß wir in unseren blauverschmierten Kittelschürzen und ganz außer Atem aus der Loge den Blick auf die Welt werfen. Um zu begreifen.

Das alles bin ich.

Manchmal ertönte ein Pfiff, der über die Landschaft schoß, gefolgt von einem gewaltigen Atemausstoß des unsichtbaren Riesenwesens, das unten im Tal erwacht war und sich nun unter immer schnelleren Atemstößen in Bewegung setzte.

Durch die ansteigende Ebene zieht die Eisenbahn, wie sie bei ihrem Aufkommen im Jahrhundert der Maschinen genannt wurde. Sie gehört in die Gerätewelt des 19. Jahrhunderts, der ich durch unerklärliche Anziehungskräfte anhänge. Ihr Anblick, ihre Geräusche stellten einst in starker Vergrößerung das Funktionieren des eigenen Körpers dar, wie wir es gelernt hatten: unsere Körper als kleine Dampfmaschinen, Pumpen, Hämmer, Motoren. Bei langen Fahrten durch die Landschaft schien sich dieser Körper zu synchronisieren mit dem Lokomotiventakt, dem Gleisschwellenschlag, dem Klangteppich aus einem Stampfen und Klirren, in das sich alle lockeren Geräteteile eingetaktet hatten. Alles wurde damals auf langen Fahrten eins mit dem eigenen Körper, dessen unhörbares Rauschen plötzlich als ein gleich schwingender Rhythmus zu spüren war.

Mein kleiner Bruder bildete das auf dem Eisenbahnbrett nach. Wenn er zusammen mit seinem Vater unter dem Brett verschwunden war, um dort unten im Dunkeln die Drähte zu sortieren und die Kontakte herzustellen, lag mein Vater auf dem Rücken, und mein kleiner Bruder ahmte die väterlichen Handgriffe nach, ohne an die Kontaktstellen heranzureichen. In Abständen hörte ich ein zufriedenes Aufseufzen, das mein Bruder ebenfalls nachahmte.

Warum bleiben wir mehr oder weniger zurück, während etwas, das der Zug der Zeit genannt wird, sich zielsicher und immer schneller vorwärts bewegt, entschiedener, als wir selbst jemals zum Vorwärtsbewegen fähig wären? Sind wir mit dem Schauen beschäftigt, mit dem Nachdenken, mit dem Einfühlen, mit dem Zögern?

Als ich in einem eisigen Winter des vorigen Jahrhunderts durch die hohen Schneefelder fuhr, gab es keinen Horizont mehr. Er hatte schon am Ende des letzten Jahres begonnen zu verblassen und sich seit dem neuen Jahresbeginn aufgelöst. Himmel und Erde waren aus Schnee. Nur die eine oder andere Latte der hölzernen Gitter, die die Gleise vor dem Schnee schützten, ragte hier und da im Tal einer Schneewehe hervor, wurde von einer Rabenkrähe besetzt, eine von wenigen, die über das Schneefeld strichen und dann lange an diesem Platz verharrten. Sie schienen geistesabwesend, schlafend, träumend wie der ganze stille weiße Erdkreis. Ich saß allein im dröhnenden Abteil auf den ketchuproten Kunststoffpolstern der Deutschen Reichsbahn, auf der Fahrt zu meiner Mutter, die nun ein Bruchstück unserer Eltern geworden war.

Heute sind die Schneegitter kaum noch bekannt, man sieht sie nicht mehr. Im eisigen Winter nach unseres Vaters Tod kamen sie vielleicht zum letzten Mal an allen Bahnstrecken zum Einsatz. Sie hielten einen fahlen, einen gespenstischen Nebelraum zurück, der auf mich zukroch. Ich habe ihn damals für meine Zukunft gehalten, ohne Angst, mit einer fast gleichmütigen Ergebenheit. Mein Atem ging flach, als wäre er mit dieser Landschaft zum Stillstand gekommen. Auch der Zug bewegte sich nicht, er fuhr dröhnend auf der Stelle. Wie eine große Libelle hielt er inne über dem Schnee.

Dann wieder, ich weiß nicht wann: der Pfiff! Aus den schwarzen Tiefen des Alls mußte er sich gelöst haben, schoß durch die Stratosphäre immer dichter werdender Dichte, tauchte in die Luft zum Atmen, sein schillernder Schweif zog eine Spur durch die erdnahen Nebelschichten bis in die weiße Stille über den Feldern, und Brüderlein an seinem Eisenbahnbrett riß den Trafo auf bis zum Anschlag, hob seinen winzigen Zeigefinger und schaute mich an.

Korridore von Korrespondenzen

Schon länger lebe ich in der Gewißheit, Zeuge einer großen Daseinsverwandlung zu sein. Genaues weiß ich nicht. Das Ganze ist im Gange. Jeder weiß es. Worum handelt es sich? Unter den Formen der Daseinsverwandlung halte ich zwei für möglich: plötzliches Unglück und plötzliches Glück. Oder könnte es sich auch um einen Traum handeln?

Meine Freundin fiel von der Schaukel und schrieb mir fortan mit der linken Hand, weil die rechte dazu nicht mehr fähig war. Ich habe mich nie erkundigt, wie lange sie für einen Brief brauchte. Ich war zu jung, um zu verstehen, daß es sich beim Schreiben in Wahrheit um Lieben handelt.

Meine erzgebirgische Großmutter schrieb in kindlicher Schönschrift, nachdem sie den Wechsel von Sütterlin zu Latein bewältigt hatte, dadurch nahm ich sie als gleichaltrig wahr, als ein Mädchen meiner Grundschulklasse. Es hielt bis zum elften Lebensjahr an, als ich ihre Körpergröße erreichte, verschwand aber nicht, sondern verwandelte sich in eine Mädchenliebe jenseits der Zeit.

Der erste Brief, den ich empfing, er lag auf meinem Bett, nicht auf dem Küchentisch, wo Zeitung und Post von meiner Mutter abgelegt wurden. Er war verschlossen. Auf dem Brief standen mein Name, die Stadt, die Straße und das Land. Ich war noch nicht gewöhnt, einem Land anzugehören, ich hatte es mir noch nicht vorgestellt. Noch konnte ich mich nur in mir überschaubaren Räumen sehen. Der Brief mußte von jenseits dieser Räume gekommen sein, einem Jenseits, wo jemand von meiner Existenz wußte. Sie war mit lila Tinte angezeigt. Ich schaute wieder und wieder aus einigem Abstand zum Brief hin, während der Nachmittag verging, ich zum Ballspielen gerufen wurde und zum Brief zurückkehrte, ihn kurz berührte, um mich seiner zu versichern, und wieder Abstand nahm.

Das bin ich. Ich bin das.

Im Alter von acht Jahren wurde ich etwas Elementaren für würdig befunden: des Briefgeheimnisses. Mein Leben wäre ein anderes, hätte jemand diesen Brief geöffnet. Und sei es versehentlich.

Briefverhältnisse fallen zweifellos in die Kategorie der Liebesbeziehungen. Vornehmlich die langen, die durch ganze Lebensphasen hindurch lebendig sind. Solange nach einer Pause der Briefwechsel mit einem vollendeten Nebensatz wiederaufgenommen werden kann, hat so ein Verhältnis still im Verpuppungsstadium verharrt. Sind Monate vergangen, Jahre? Die Pause bedarf keiner Rechtfertigung. Sie erinnert daran, wozu wir fähig sind: daß uns die Freiheit tatsächlich möglich ist.

Ich stamme aus dem Zeitalter des Briefverkehrs. Mädchen bekamen Briefpapiere geschenkt. Je feiner das Briefpapier, geschmückt mit Wasserzeichen und Scherenschnittfiguren, desto höher der Anspruch an Schrift und Botschaft. So muß es gekommen sein, daß die schöne Form über die Korrespondenz jeglichem Verhältnis unbemerkt und für immer zum Gebot wurde. Wer einst auf den Ausdruck der schwingenden Hand geprägt wurde, mag als virtuoser Schlagwerker eine Erinnerung daran bewahren: an die unerhörte Sinnlichkeit, an diese einladende körperliche Preisgabe über die Handschrift.

Das war einmal. Das Verlangen nach Verbindung bleibt, es hat sich sofort andere Wege gesucht, unvergänglich wie es ist, kennt es die Zukunft und alle Wege dorthin. Sie sind kurz, blitzschnell, virtuell; der Körper wird langfristig schrittweise aufgegeben. Das geschieht unmerklich, liebenswürdig, verführerisch. Das Verlangen nach Verbindung jedoch bringt einen auf jeglichem Weg ans Ziel.

Auch manche von den flüchtigen Briefverbindungen, die aus gelegentlichen postalischen Äußerungen bestehen, sind Liebesverhältnisse. Das kann einseitig sein. Schließlich sind alle Liebesverhältnisse von wechselnder Einseitigkeit, in Bewegung wie Halme auf einem Feld, durch die der Wind weht. Nur ein starres Ungleichgewicht führt zum Bruch. Wie lange müßte dieses Ungleichgewicht andauern, bis ein solches Briefverhältnis als beendet betrachtet werden muß? Bis die Post ihren Dienst einstellt.

Der Postweg ist unsicher geworden. Diese Behörde garantiert nichts mehr. In Wahrheit dürfte auch dort mehr bekannt sein, als bekanntgegeben wird: Die Endzeit ist angebrochen.

Die Erde hat schon viele Endzeiten gesehen, auf die Neuzeiten folgten. Nur kann ich mich ihrer nicht erinnern. Die Sache mit dem Briefverkehr aber machte mich plötzlich wach.

Als das anfing, habe ich es meinem Bruder geschrieben: Mir scheint, bei der Post ist die Endzeit angebrochen! Er antwortete mir prompt auf einer Postkarte, und ich empfing seine Antwort. Du hast den Gegenbeweis in Händen, schrieb mein Bruder in Großbuchstaben. Ich sah ihn lächeln. Darunter etwas Kleingeschriebenes: Man muß nur lange genug dabeisein wollen, und die Dinge wenden sich wieder.

Etwas war im Gange. Ich beschloß, es als Anfang zu betrachten. Anfangen erzwingt ein Hochgefühl.

Die große Daseinsverwandlung, sie hatte sich angekündigt mit einem weltweiten Innehalten. Schwächung drohte; der Fortgang schien ungewiß. Diese Ungewißheit hatte nichts Verbindendes. Es kam die Vermutung auf, daß es sich um eine völlig unbekannte Art der Daseinsverwandlung handeln könnte, in die die Welt geraten war. Von den bekannten Arten glich sie plötzlichem Unglück. Die Art des Unglücks wiederum erwies sich als tiefgreifend, undurchschaubar und anhaltend. Jeder ging mit seinem eigenen unverstandenen Unglück umher. Der Kraft der Worte, mit der es ausgerufen worden war, hatten sich die Menschen augenblicklich ergeben. Um eine Daseinsverwandlung von weltweitem Format auszulösen, dazu bedarf es einer konzertierten Aktion einerseits und Konfusion andererseits. Das Phänomen ist seit der Antike bekannt, wurde jedoch mehrheitlich nicht wiedererkannt. Ein jeder mußte sich nun selbst begegnen, wenn er dem anderen gegenüberstand.

In den persönlichen Korrespondenzen dagegen zeigte sich bald etwas, das bisher nur aus Notfällen wie Krankheit zum Tod bekannt war: Wenn alle um alles wußten, es aber nicht formuliert wurde. Denn das geschriebene Wort wiegt schwerer als das gesprochene. Es ist nicht von der Stelle zu rücken und schafft seine Wirklichkeit. Das geschriebene Wort hat seine magische Anmutung an die Zeit, als die Schrift mit Krafteinsatz in Stein gemeißelt wurde, nie ganz verloren.

Deshalb hat mir mein Bruder das Wort nie geschrieben.

Wir begegneten uns fortan in einer kindlichen Leichtigkeit. Von seinen langen Locken waren ein paar kurze dunkle Kringel im Nacken geblieben; sein Hals war mager, sehr zart. Iß mehr, Junge! Er lächelte. Wir brauchten überhaupt keine Worte.

Die globalen Korrespondenzen nahmen inzwischen dank der hohen Serverkapazitäten in exponentiellem Maße zu, er hatte Freude daran, es mir im Detail zu erklären, was es bedeutet: exponentielles Wachstum im Anorganischen und im Organischen, bis ins Wachstum der Zellen. Im Fach des Informationsaustauschs unsichtbarer Baugruppen technischer Geräte hatte er akademische Grade erlangt und versuchte nun auf diese Weise, seinen Körper zu verstehen. Ich weiß nicht genau, wann das nachließ. Oder ob es plötzlich eingetreten war, daß er seinen Körper einer Verwandlung anvertraute, für die er keine Meßgeräte kannte.

Gleichzeitig geschah etwas Merkwürdiges. In diesen Jahren des Innehaltens, der anbrechenden großen Daseinsverwandlung, während deren mehrheitlich nichts verstanden wurde, weil es an Vergleichen fehlte, an die man sich zu erinnern wagte, zogen erste Zeichen von Endzeit herauf: Angst und Argwohn verdünnten die Luft zum Atmen. Und während das anhielt und der Mensch dem Nächsten fremd wurde, unerkennbar in den Maskenzügen und am Ende unbekannt sich selbst, in diesen Jahren begann sich das Endzeitliche stillschweigend und unbemerkt von seiner Trägheit, Schwere, Ausweglosigkeit zu entleeren, von seinem müden, welken Sinn. Als wäre es bald an seinem Tiefpunkt angelangt und sei bereits im Begriff sich auszugießen, den letzten Bodensatz, ehe es in Bosheit übergehen konnte. Als wolle es sich danach heimlich in etwas Unerwartetes wenden, das anfängt, lange unsichtbar noch, aber es fängt an: etwas Durchsichtiges, durch das Licht fällt.

Die Entwicklung nehme ich jetzt täglich wahr. Ich weiß nicht weiter, ich weiß nur, sie ist im Gange. An ihrem Höhepunkt wird sie sich ins Chaotische entfalten, dessen verborgene Ordnung die Zukunft enthält. Ich kann warten. Ich weiß mich in dem, was geschieht, aufgehoben, ohne es zu verstehen. Als würden wir durch das Endzeitalter getragen.

Das Ende der Post dagegen war abzusehen. Das Ende der Post wird ein endgültiger Postkutschenunfall mit Totalschaden sein. Alle Materie liegt zerstört am Boden. Erst dann wird die Unzerstörbarkeit dessen, womit die Post von jeher betraut ist, für alle erkennbar sein: unsere Sehnsucht nach Verbundenheit.

Hinterzimmer

Es ist Nacht geworden. Die Tänzerin ist gekommen. Ich hatte die bunten Lichter bei ihrem Landeanflug gesehen. Die Nachtflugflotte quert meinen Horizont gewöhnlich um Mitternacht. Es sind die Postflugzeuge, die ihr hiesiges Drehkreuz ansteuern. Meine Tänzerin fliegt mit einer Entourage an festlich illuminierten Begleitmaschinen, als hätte sie die frohe Botschaft im Gepäck.

Wieder durchmißt sie den Raum, ja diesmal das ganze Haus mit ihrem schwingenden Schritt, als sei sie hier zu Hause, grad so, als flöge sie von der Halle bis hinauf in den Turm, um alles zu inspizieren.

Halt! rufe ich reflexhaft. Ich höre sie kichern.

Dann unternehmen wir doch eine Schloßbesichtigung! schlägt meine Tänzerin gutgelaunt vor, und im Handumdrehn sind wir viele.
Das soll dich jetzt nicht erschrecken, flüstert sie.

In alten Schlössern ist sie mitunter zu finden, aber nur, wenn das Aufsichtspersonal darauf aufmerksam macht: die Tapetentür. Sonst hätte sie kaum jemand entdeckt inmitten der Lüster, Spiegel und des prunkvollen Mobiliars. Im Glanz der floralen Seidentapeten ist sie unsichtbar. Wer sie jedoch entdeckt, kann den Gang durch die Prunksäle nicht einfach schlendernd und plaudernd fortsetzen, nicht ohne Unruhe.

Die vielen stehen jetzt im Haus herum, begutachten die Ausstattung der Gemächer, äußerlich gelassen die Tafeln studierend, auf denen der Besucher etwas über die Bestimmung des jeweiligen Raums erfährt, in dem er sich befindet. Gut und schön, bemerkt jemand, man hat halt gern repräsentiert damals. Aber das kann ja nicht alles gewesen sein. Jemand anderes ergänzt: Ich sehe keinerlei Lebensspuren, nirgends. Jemand drittes denkt halblaut: Aber man muß doch auch gelebt haben damals! Jemand viertes spricht es laut in den Saal: Man verbirgt uns etwas. Was verbirgt man uns? Jemand fünftes fragt behutsam: Haben wir ein Recht darauf, daß uns nichts verborgen wird? Größer ist die Gesellschaft nicht, vorerst ist auch alles gesagt.

Das ist es, sage ich zur Tänzerin. Die Tapetentür wird gefühlt, noch ehe sie entdeckt ist. Der Mensch wird von einer unbestimmten Unruhe ergriffen. Sie rührt möglicherweise von dem Verdacht her, bemerkt sie, daß er sich gerade in einem Bühnenbild bewegt, welches das Resultat einer Welt im Hintergrund sein könnte. Einer Welt, zu der er einen geheimen Zugang vermutet. Und in diesem Moment den Verdacht hat, daß er nur Teil einer Kulisse sei.

Manchmal, seufze ich, hätte ich es gern einfacher mit der Welt. Aber nur manchmal, entgegnet sie spöttisch. Diese Tapetentüren nämlich, sagt sie, sollten genau betrachtet werden. Manche tragen bei scharfem Hinsehen Fingerabdrücke. Andere sind in ihrer Makellosigkeit von der Wand daneben nicht zu unterscheiden. Gelangweilte Kinder bemerken sie sofort.

Ich gestehe, das eine oder andere alte Schloßgebäude schon wiederholt besucht zu haben, um mich der Tapetentüren zu versichern. Sie scheinen selbst als Bauteil ein Geheimnis zu haben. Etwas greift hier paßgenau ineinander, die sorgfältige Maßarbeit an der Wandoberfäche und die Dichte der Geheimnisbewahrung über Generationen der Familien hinweg. Kleine fragmentarische Anekdoten tauchten immer wieder einmal im Weinrausch kurz auf und wurden wieder vergessen. Sie verschwanden einfach. Als sei ein Schutz am Werk, der selbst der natürlichen, durch nichts zu bremsenden Neugier auf Intimitäten standhält. Oder sie halten sich in Träumen auf, wo sie sicher sind.

Die Träume unterscheiden sich so wenig vom Wachsein wie die Tapetentür von der Wand, sagt sie. Du kannst sie ignorieren oder dahinter wohnen.

Ich habe im Haus meiner Kindheit gewohnt, in dessen Mitte, als alles um mich in lautlose schlangenartige Bewegung geriet, in ein Gleiten, Schwanken, von dem eine fremdartige atmende Hitze, eine Erregung, eine Macht aufstieg. In der Höhe meiner herabhängenden Fingerspitzen streiften eng und geschmeidig die Körper von Löwinnen umeinander, auf deren sandfarbene Rücken ich sah. Die Zimmer, der Flur, die Treppe, alles war voll von den Löwinnen, und dieser ganze animalische Leib, in dessen Mitte ich steckte, schien in eine wiegende Selbstumschlingung versetzt. Ich wähnte mich in einem hauchdünnen Zwischenraum zwischen zwei vollkommen ausbalancierten Energien: meiner Todesangst und einer niemals vorher gefühlten Kraft. Ehe sich etwas, das eben noch ich war, in diesen heißen Atem hinein auflöste.

Im Laufe der Jahre, erwidert meine Tänzerin, verlieren diese Erlebnisse nichts an Präsenz, jedoch unmerklich ihre Grenze, die sie immer sicher von der Realität getrennt hat. Es kommt die Ahnung auf: Die Grenze war nur dazu da, diese Energien hinter einer Mauer in Schach zu halten. Mit dieser Ahnung läuft der Mensch Jahre herum, er fürchtet, die Folgen eines Mauerfalls erschütterten das sorgfältig errichtete Gebäude der eigenen Existenz. Während solcher Befürchtungen vergeht unmerklich sein Leben.

Die Zeitvergeudung in diesen Angelegenheiten ist himmelschreiend, gebe ich zu. Diese Zeitverschwendung scheint einfach dazuzugehören, das Zögern als ein Stützpfeiler, ohne den das Ganze bei unpassender Gelegenheit stürzen würde. Der Mensch versteht doch im allgemeinen nicht viel von Statik am Bau, weiß sich aber irgendwie zu halten.

Unpassende Gelegenheiten gibt es nicht, sagt meine Tänzerin. Wenn er stürzt, dann genau im richtigen Moment. Das würde man gern vermeiden, bemerke ich kleinlaut. Sie korrigiert mich: Es gibt nichts zu vermeiden, alles geschieht immer im richtigen Moment.

Wo lebst du eigentlich? frage ich endlich.
Wo du zu Hause bist.
Sehen wir uns also immer wieder?

Ich bin da.

In den Hinterzimmern?

Ich bin überall.

Ich weiß nicht, ob mir das recht ist.

Das macht nichts, versichert sie mir, wirklich nicht.

Diese Hinterzimmer lassen sich jeden Augenblick betreten, manche geraten immer wieder versehentlich hinein und wissen nicht, wo sie hingeraten sind, so wüst sieht es da aus. Ein Durcheinander, altes Mobiliar, abgelegtes Zeug, halbherzige Pläne, ängstlich zerknautschte Kissen, aufgegebene Lebensentwürfe, schnell verworfene Abenteuer, in jeder Ecke ein Gewissensbiß.

Meine Mutter hatte einen Liebhaber, es war ihr erster, der Weltkrieg hatte gerade begonnen, er versicherte ihr, nicht zeugungsfähig zu sein, sie dachte, dann könnte sie es ja mal versuchen, sie trafen sich mehrmals in einem Kurhotel. Als er eingezogen wurde, gestand er ihr im gleichen Brief seine Ehe. Am Tag darauf bestieg meine Mutter die Eisenbahn, acht Stunden dauerte die Fahrt von der Lausitz durch das Vogtland nach Niederbayern. Dort gab sie ihm seine Geschenke zurück, sie reichte ihm die Schachtel mit dem Schmuck wortlos durch das Zugfenster. Sie besaß schon mit zwanzig eine Autorität, von der sie nichts wußte. Sie hat es mir erzählt in Kurzform. Wie man sich an Reste eines Traums erinnert, derer man nach Jahrzehnten noch habhaft werden kann. Ehe sie ganz verschwinden.

In ihrem vorletzten Lebensjahr, als sie ihr Leben offenbar nur noch in unzusammenhängenden Bildern sah – aber was weiß ich –, machte sie mich auf einen Mann aufmerksam, der sich allabendlich vor dem Bett entkleidete und dann eine Weile nackt auf der Bettkante saß, in einem gelben Licht. Ich habe das über die Perspektive entschlüsselt. Es muß sich um den Herrn Mauri im Haus gegenüber gehandelt haben, ich war damals zwischen drei und fünf Jahre alt. Frau Mauri war die erste berufstätige Mutter im Viertel, meine Mutter bewunderte sie, es war mehr ein Staunen; sie selbst hätte ihre Kinder niemals weggeben können. Auch nicht als erste Opernhausdirektorin, wie die Frau Mauri.

Ich habe Liebhaber, ich habe Liebhaberinnen; ich selbst bin beides. Meine Mutter hätte mir lachend zugestimmt: Der Sachverhalt läßt sich nicht annähend wahrhaftig bezeichnen. In einem gelben Licht, das käme ihm am nächsten. Da war meine Mutter freilich schon im Zwischenraum und verfügte über ganz andere Möglichkeiten präziser Erkenntnis. Ich lasse es dort im Unsagbaren, solange ich ihm nicht gewachsen bin. Ich schaue zu, wie es sich mir über die Jahre offenbart. Ich halte aus, nichts zu verstehen. Ich gebe acht, daß es von meinen Begrenzungen bewahrt bleibt.

Für das Geheimnis muß Raum sein. Wer klug ist, räumt dem Geheimnis beizeiten einen Raum ein. So zeigt er ihm seine Wertschätzung, und das Geheimnis gerät nicht unter Druck, was einer Verachtung gleichkäme. So was rächt sich. Ich öffne die Tapetentür, und schon bin ich verschwunden; die

Räume, in denen ich wandle, wachsen vor meinen Schritten fächerförmig in die Weite. Ich bin nicht auffindbar, für niemanden. Ich lebe inmitten des Nichtmanifesten, des Möglichen, Wartenden, das hier ein Zuhause hat, ehe es Gestalt gewinnt und aufglimmende Farbe und einen sich zögernd preisgebenden Sinn.

Sie sind falsch hier! sagt jemand diskret im Hinterzimmer, offenbar der Museumsführer. Woher wissen Sie das? fragt prompt eine Besucherin von den vielen. Die Räumlichkeit ist zu klein für Sie, behauptet der Museumsmann. Eine größere wäre zu auffällig, wendet die Angesprochene entschieden ein, sie ließe sich nicht verstecken, sie müsse ökonomisch vorgehen, in einem möglichst kleinen Raum alles unterkriegen, was nicht paßt. Ich fürchte, Sie sind einem Irrtum aufgesessen, sagt der Mann behutsam, bitte überdenken Sie Ihren Raumnutzungsplan. Sie sollten das ganze Arrangement umtauschen. Wie bitte? zischt die Besucherin. Die Aufgabe sei freilich etwas für Fortgeschrittene, denn der Sichtwechsel im Vertrauten gelte als die anspruchsvollste Art einer Daseinsverwandlung. Denken Sie um, beharrt der Museumsführer freundlich. Ihre Repräsentationsräume brauchen nicht mehr als die Größe dieses Hinterzimmers, denn da bringen Sie leicht alles unter, wofür Sie Worte haben. Der übrige Raum gehört dem, wofür Sie keine Worte haben oder noch nicht oder wofür Sie nie welche haben werden. Hier leben Sie, inmitten Ihres Unsagbaren. Wozu sollten Sie es verstecken hinter einer Tapetentür? Es versteht ohnehin niemand, nicht einmal Sie selbst.

Na, na! bekommt er zur Antwort.

Vertrauen Sie darauf, sagt der Museumsmann, die Geheimnisse brauchen keine Anstrengungen zu ihrem Schutz, weil alles Geheimnis ist. Was wir voneinander wissen, stammt aus dem Puppenspiel, das wir uns gegenseitig aufführen, in ehrlichem Bemühen. Aber besser als gar nichts.

Heilige Umkleideräume

Das Appartement mit ebenerdiger Terrasse, welches meine Mutter im Hochsommer ihres Alters bezog, ging in ein Birkenwäldchen über: drei Schritte, schon wuchs Gras unter den Sohlen. Der junge Pfleger trat hinter den Zweigen hervor und wurde von Kopf bis Fuß betrachtet. Ein junger Gott! rief sie ihm entgegen.

Eben noch hatte sie zu Hause in ihrer Wohnung auf der Sofakante gesessen, es war ein sehr heißer, ein gleißend heller Julitag, sie trug ihren weiten Mohnblumenrock, die Koffer standen im Korridor bereit. Mein kleiner Bruder legte die Autoschlüssel auf das Kacheltischchen, es gab ein klirrendes Geräusch, dem wir lauschten. Alles, was hier gewesen war, schien sich für Minuten sprachlos, mit angehaltenem Atem im Raum aufzuhalten, den wir gleich für immer verlassen würden.

Zwei Stunden später, nach einem ersten guten Essen, erkundete sie neugierig das unbekannte Gebäude, ihren Alterssitz. Vom Keller über die Flure bis zum Dachspeicher, erstieg verwinkelte Treppen, verirrte, vertrat sich und brach sich ein Bein. Sie hatte beschlossen zu sterben. Niemand erfuhr davon. Es war ein langfristiges Vorhaben.

Von dem Moment, da sie dem jungen Gott ihre Liebe erklärt hatte, er war von feinem Körperbau, auch hörte er dergleichen nicht jeden Tag, bis zum Sturz auf dem Dachspeicher waren gut drei Stunden vergangen. Meine Mutter war von jeher ausdauernd interessiert, von jeder Raumsituation ließ sie sich lustvoll gefangennehmen. Sie verweilte von Natur aus im gegenwärtigen Augenblick und entzog sich ihm nicht durch abschweifende Gedanken. Was war also in diesen Stunden ihrer Gebäudeinspektion geschehen, das sie am Ende durch den Sturz ihr Vorhaben anzeigen ließ? Und wem eigentlich galt diese Botschaft, sich selbst, der Welt, der Galaxie? Und seit wann plante sie ihren Tod?

Um sich einen Raum zu erobern, breitete also meine Mutter ihre Arme aus, dann drehte sie sich sehr langsam, aufmerksam lächelnd, um die eigene Achse. Mit diesem Lächeln waren nicht wir gemeint. Obwohl sie aus einer Tischlerfamilie stammte, benutzte sie selten Werkzeuge zum Ausmessen von Räumen. Dafür hatte sie ihn, den weiteren Sinn, ohne je ein Wort darüber verloren zu haben, höchstens dieses Lächeln.

Gibt es eine Sprache, die der Seele ihren Raum läßt? Wir haben keine Vorstellung vom Raum der Seele. Ich weiß nur: Das bin ich. Alles andere ist Vermutung, Ahnung, Spekulation. Ein Konzept für meinen Aufenthalt hier. Ich habe keine Ahnung, wer dieses Konzept verfaßt hat. Ich weiß nur, ich habe mit meiner Freiheit bezahlt.

Als meine Mutter zum Liegen kam, hatte sie ein neues Gesicht. Man hatte ihr Bein in Gips gelegt. Das stellte einen Kontrast zu ihrer Bewegungsfreude dar, als wäre diese nur durch eine sichtbare und greifbare Fesselung beherrschbar.

Das entsprach der Wahrheit. Sie kam zum Liegen über die vorgeschriebenen acht Wochen hinaus.

Ihr Gesicht strahlte ruhige Geistesgegenwart aus, eine enorm hohe Energie. Als sei diese Energie dem Körper entzogen und nun hinter ihrer Stirn oder wo immer sich der Geist zu sammeln beliebt, freigesetzt worden. Ich hatte meine Mutter noch nie so gesehen. Doch, einmal: auf jenem kleinen Foto, als Kind in einem Feld stehend. Dieses stolze Kind, das abwartend mit einer Spelze spielt. Den Blick fest auf mich gerichtet.

Der junge Gott hat nur einmal lächelnd geseufzt. Von da an waren sie ein Paar. Die Welt ist voller Paare, und niemand weiß es. Man weiß nur, was einen eingetragenen Namen hat. Man weiß überhaupt nichts, aber zum Durchkommen reicht es.

Wenn ich sie besuchte, betrat ich immer sehr behutsam den Raum. Es war still, sie schaute in den Birkenwald. Sobald sie mich bemerkte, jubelte sie und rief mich laut und begeistert. Genauso wie sie in ihrem achtzigsten Lebensjahr den Times Square begrüßt hatte, ganz vorn allein auf der Aussichtsplattform des Sightseeing-Busses stehend: Mit hochgerissenem Arm ähnelte sie der Freiheitsstatue. Nun, nach der leidenschaftlichen Begrüßung, bekam ihr Blick jedesmal eine Konzentration, der ich nicht ausweichen konnte. Was hast du zu beichten? fragte dieser Blick streng und still amüsiert.

Sie gebrauchte das Wort beichten gern für jegliches, was gesagt werden sollte, ich hatte immer das Gefühl, als müßte sie etwas von sich weisen, was sie in ihrer Kindheit nicht zurückweisen konnte, weil sie es nicht verstand: die Sünde. Die Sünde war das erste rätselhafte Wort, groß war es, denn es füllte sonntags den Kirchenraum, wie ein großer flatternder unsichtbarer Vogel, der auf die Luft schlägt. Die Sünde war unsichtbar, ungreifbar, man konnte auch nicht fragen danach. Sie gestand es mir spät. Sie hat dieses Wort ihr Leben lang durch Weitergabe als Beichtaufforderung abzuweisen versucht. Ohne es jemals zu verstehen. Mit dem Verstehen der Sünde beschloß sie beizeiten, keine weitere Zeit zu vertun, wie mit allem, das ihr keinen glaubhaften Wert vorweisen konnte.

Meine Mutter war zum Liegen gekommen und machte wortlos klar, daß es daran nichts zu bedauern gab. Weder an ihrer neuen Lage noch an ihr selbst. Der junge Gott fuhr sie im Birkenwäldchen spazieren und lernte einiges über die Spaziergänger, die ihnen begegneten, denn meine Mutter beobachtete scharf und kommentierte tabulos, was es für ihn nicht zu sehen gab. Die Spaziergänger schritten mühevoll, absichtlich zögernd vorwärts, am Jetzt festhaltend. Noch waren sie nicht zum Liegen gekommen. Der junge Gott meinte, es gäbe dort vorn wohl Kaffee, wo sie mit ihren Spaziergeräten hinstrebten, sein Schützling lächelte. Wann kommt Jennifer? erkundigte sie sich. In der Abendschicht, sagte er. Ein Vollweib, lachte meine Mutter.

Nach zwei Jahren begann sie, ihre Aura zu schließen. Sie hatte es vorbereitet durch beharrliches Schauen in den Birkenwald. In den Nachbarzimmern liefen seit ihrem Einzug die Fernsehshows, in den meisten ohne Ton, in einigen sehr laut. Sie wußte es nur aus der Zeit ihrer Inspektion des Hauses, in ihrem Raum war es still. Die Stimme vom jungen Gott klang wie Glockenläuten. Und das Vollweib beugte sich mit warmen Brüsten über sie beim Bettenmachen. Wenn ich kam, fragte sie mich kaum noch, wir sahen uns still vergnügt an. Gerne kommentierte sie die Zeichen der Jahreszeit im Wäldchen. Dann sagte sie nach einigem Nachdenken: Du hast schon immer gern gelacht. Sie betrachtete mich lange und so genau, als könnte sie jetzt ganz neu und anders sehen. Da sei mal dankbar, sagte sie nach einer Weile. Mit meinem Bruder brauchte sie überhaupt keine Worte. Nachdem er geboren war, brauchte sie überhaupt nichts mehr.

Als sie die Jahreszeiten im Birkenwäldchen oft genug hatte wechseln sehen, machte sie in einem heißen Spätsommer, als das Laub schon vor der Zeit gelb geworden war und sie ihren Raum hinlänglich betrachtet und gewürdigt hatte, die Augen zu. Der junge Gott maß dem keine bedenkliche Bedeutung zu, er spürte die Energie, wenn er sie berührte. Er sprach zu ihr wie vordem, und auch ich gewöhnte mich allmählich an den Anblick meiner schlafenden Mutter. Die respektgebietende Entschiedenheit, die von ihr ausging, hatte sich gesteigert. Niemand wagte einen Versuch, sie durch sanftes Rütteln und Rufen zu den Mahlzeiten aufzuwecken, sie nahm sie mit geschlossenen Augen ein. Ich fragte mich in diesen Monaten immer wieder, wo sie sich befand. Mein kleiner Bruder konnte mir nicht helfen, er war fraglos eins mit ihr.

Er besuchte sie mehrmals in der Woche, er wußte über das Kontingent der Hygieneartikel Bescheid und wann es aufgefüllt werden mußte. Ich weiß nicht, wie es war, wenn er das Zimmer betrat, ob sie es spürte. Ich vermute, sie spürte ihn schon auf dem Korridor. Nichts war ihr anzusehen, nur diese Entschlossenheit, die Augen geschlossen zu halten, und eine Konzentration auf etwas. Wenn wir gemeinsam an ihrem Bett standen, hielten wir ihre Hände. Ihre waren wärmer als meine. Doch von ihr kam kein Händedruck. Ein einziges Mal, wir hatten uns zwei Schritte entfernt und sprachen miteinander, wir erzählten uns etwas, denn ich kam nur einmal im Monat angereist, wir hatten uns etwas zu erzählen, und ich sah meinen Bruder an, und er sah mich an. Mir entging, was er sagte, ich liebte ihn und hörte ihn sprechen. Und für einen Augenblick, zufällig, hatte ich den Kopf quer durchs Zimmer nach rückwärts gewendet, als mich der Blick unserer Mutter traf: aus hellwachen, weit geöffneten Augen. Redet nur, Kinder! rief sie amüsiert. Ihre Stimme: hell und stark.

Wo befinden wir uns eigentlich? Im Zwischenraum.

In der folgenden Nacht betrat ich einen Keller mit leuchtend weiß getünchten Wänden, von einem Vorraum aus führten weitere Räume in die Tiefe, die Helligkeit und die Leere wirkten neutral, hier hatte sich nichts ereignet, was Spuren, irgendeine Art Widerschein von Ereignissen hätte hinterlassen können. Diese helle, makellose Leere löste in mir keinerlei Gefühl aus, die Neutralität war frei von Zusammenhängen. Da gewahrte ich neben mir eine eiserne, ebenfalls weiß gestrichene Leiter, sie führte senkrecht aufwärts. Sie stand ohne Halt im leeren Raum. Ich blickte nach oben, konnte aber kein Ende der Leiter erkennen, dann machte ich einen Versuch, die runden eisernen Sprossen zu erklimmen, sie hatten keine Trittfläche, es kostete Mut, so im Leeren zu hängen, zumal, während ich mich höher und höher zog, kein Ende der Leiter zu erkennen war. Doch ehe mich der Mut verließ und ich das Gleichgewicht verlor, erkannte ich plötzlich sehr weit oben, noch immer ganz senkrecht über mir und ob der Entfernung winzig klein, eine Art Interieur, Wohngegenstände, unbestimmt bekannte Dinge, mir vertraute Möbel, die Einrichtung eines Lebens. Es war das Leben meiner Mutter. Es war dieses Leben hier, mein Leben, unser aller spielzeugkleines Leben, das sie dort zurückgelassen hatte, um in den weißen Raum zu treten.

Die Sternwarte

Es ist Mitternacht geworden.

Ich sehe aus großer Höhe in ein Areal. Ich bin das: hier oben. Dort unten: Das bin ich. Das Licht ist geschwunden, die Energien schwanken, doch ich erhoffe mir dringend Überblick. Offen gesagt, ich verspreche mir nichts weniger als eine grandiose Totale: eine in die Tiefe gestaffelte Welt voller quicklebendigem Gewächs, Getier und Menschen mit ihren Ausgeburten an Erfindergeist, Schöngeist und zärtlichen Avataren. Ich bin nicht zu retten.

Ich weiß nicht, das nimmt zu. Ich bin nicht allein damit; wir erwägen neuerdings Rettungsszenarien für den Fall einer Punktmutation als höchste Form der Daseinsverwandlung. Es handelte sich dabei um eine weltweit gleichzeitig einsetzende Kalibrierung des Frontalcortex auf eine neue Frequenz. Wie es bei höheren Tierarten nachweislich schon mehrmals geschehen ist, woraufhin sich in weit entfernten, durch Ozeane getrennten Populationen über Nacht die gleichen neuen Fähigkeiten zeigten. Es würde sich zweifellos um plötzliches Glück handeln, dennoch ist Vorbereitung nötig. Der möglicherweise damit einhergehende kurzfristige Verlust von Orientierung im Raum und in der Zeit gebietet das. Es hat nichts von Verzweiflung an sich. Die Zeichen verdichten sich.

Da erscheint auch die Fee in der Nacht.
Die Fee sagt: Das war's.

Mir fällt ein: Ich hatte da noch Wünsche frei?

Sie winkt ab: Die Sache mit dem Ende ist durch. Erledigt. Wir sterben nicht.

Die Sterne gehen auf. Allmählich wie Blüten, man muß lange hinsehen. Eine Täuschung, es wird einem nur Zeit gewährt, sich auf die Ewigkeit einzustellen. Wie beim Tauchen in die Tiefe braucht der Mensch Zeit zur Adaption an andere Dimensionen. Physisch und mental, beides sollte geübt werden. Denn ganz plötzlich könnten sie da sein.

Sie werden das schon damals gewußt haben, weshalb sie diese Gebäude mit kleinen verspielten Sternwarten krönten. Manche sind nicht größer als ein regelmäßiges sechseckiges Zelt, ein schwebendes, durchsichtiges Gehäuse über der Stadt, wie ich es einst mit meinem kleinen Bruder auf dem elterlichen Doppelbett aufspannte. Es ist die früheste Erinnerung an unser Hiersein, wir hatten die Knöpfe am Bettbezug entdeckt, waren hineingekrochen und fanden uns miteinander in etwas Urvertrautem wieder, einem weichen atmenden Raum, in den ein sanftes, unendlich zärtliches Licht fiel. Wir waren hier zu Hause. Gerade angekommen, mit winzigen Zehen und einem Rest Duft vom mütterlichen Innenraum. Das war vor hundertzwanzig Jahren. Die Welt war neu, mit der wir nun Verstecken spielten: Wir öffneten unser vom Atmen feuchtwarmes Zelt einen Spalt, und da floß unten eine stille Straße dahin, verziert mit Baumschatten, gesäumt von Bäumen stadteinwärts, und wir schlossen es wieder und erzählten uns das Märchen von Brüderlein und

Schwesterlein noch einmal und noch einmal und immer wieder von vorn. Um unser Herz zu üben für die Prüfungen dieser Welt. Und als wir den Spalt im Zelt wieder öffneten, erschien am unteren Ende der durchsonnten, von Blätterschatten gefleckten Straße eine Person, sie schob ein Fahrrad, sie trat in einen Schatten hinein und wieder daraus hervor und dann in den nächsten hinein und wieder hervor, eine Ewigkeit lief sie so im Schattenwechsel, als liefe ein endloser Lebensfilm ab, ehe sie einmal plötzlich ins Helle trat und für eine Weile in der Sonne ging und wir unsere Mutter erkannten.

Es ist Mitternacht geworden.

Ich sehe aus großer Höhe in ein funkelndes Areal. Die Postflugflotte ist erwacht wie eine exotisch schillernde, nachtaktive Vogelart und quert in kurzem Takt den Himmel über meinem Horizont.